éditions **guy binsfeld**

Jhemp Hoscheit

OUNINUMM

Roman

éditions guy binsfeld

1

Ech huelen d'Blat, leeën et op den Dësch an zeechnen d'Staangen, déi zwee Seeler an de Sëtz a Form vun engem Rechteck.
- Dat ass d'Klunsch, soen ech.

Ech maachen eng Paus. Och no kuerze Sätz muss ech dacks eng Paus maachen.
- Looss der Zäit, seet d'Madamm Wallmer.

Si ass d'Gedold a Persoun.

Ech muss en neien Ulaf huelen. Ech huelen déif Loft. Fir meng Erklärung brauch ech ganz bestëmmt méi Sätz.
- Wa mer keng Loscht méi haten, am Mia senger Kummer ze spillen, si mer mëttes an de Gaart gaangen an d'Mia huet sech gläich op d'Klunsch gesat. Hatt klunscht gär. Et war Vakanz a meeschtens gutt Wieder. Heiansdo hunn ech et missen drécken, wann et selwer net héich genuch komm ass.

Dat war lo vill beieneen. Dat sinn ech net vu mir gewinnt. Ech hätt nach weider erziele kënnen, awer et ass ëmmer eppes a mer, dat mech bremst, well ech d'Gefill hunn, ech géif ze vill wëlle soen.
- Zeechens de d'Mia och op der Klunsch?, freet d'Madamm Wallmer.

Ier si mer d'Blat ginn hat, hat ech hir vum Mia sengem Accident geschwat. Soss hätt se vläicht d'Iddi mat der Zeechnung net kritt. Ech weess, dass si näischt iwwerstierze wëll.
- Dat fält mer nach schwéier, d'Mia op der Klunsch ze zeechnen. Ech brauch dofir nach Zäit.
- Där hu mer genuch.

D'Madamm Wallmer weess ëmmer am richtege Moment dat Richtegt ze soen. Oder si waart of, wann ech mech laanscht eng Äntwert drécke wëll. Si setzt mech net ënner Drock. Si ass net presséiert. Si léisst mer Zäit, fir déi richteg Wierder ze fannen.

Ech fanne meng net ëmmer gläich. Si fënnt hir meeschtens direkt.
- Fäert net, fir Pausen ze maachen, Connie. Pausen hëllefen eis weider.
- Et fält mer nach schwéier, doriwwer ze schwätzen.
- Och wann een näischt seet, wëll een domadder eppes matdeelen. An et gëtt vill aner Manéiere fir sech auszedrécken, wann een net schwätze wëllt oder kann.
- Dat weess ech. Ech hunn déi lescht zwee Joer net vill geschwat. Wat ech soe wollt, hunn ech net gesot kritt.

Ech hat wierklech Méi, déi richteg Wierder ze fannen. Dofir hunn ech versicht, et op eng aner Manéier wéi mat Schwätzen auszedrécken. Ech mengen, hei mécht et mer näischt aus, wann ech mol zécken. Schwätze kann een üben, souguer wann een zäitweileg bal stomm bliwwen ass. Et ass wéi bei engem Instrument, op deem laang net méi gespillt gouf an dann erléist ass, endlech nees gestëmmt ze ginn.
- Mir fëllen d'Pause mat Wierder.

Dat gefält mer gutt. Pause mat Wierder fëllen, sou wéi ee Sand an en Eemer fëllt.

Ech muss elo un d'Sandkaul am Gaart denken, déi net wäit ewech vun der Klunsch ass. Wann ech op d'Mia opgepasst hunn, hunn ech mat him an der Sandkaul Kuche gebak an Tiermercher gebaut, sou wéi ech et virdru mam Chloé gemaach hat. D'Mia hat awer dacks méi Loscht ze klunschen, wéi am Sand ze spillen. Meeschtens hu mer a senger Kummer mat de Poppe gespillt.

Ech stinn op a gi bei déi niddereg hëlze Këscht. Et ass eng Mini-Sandkaul op klengen, hëlzene Stempele mat Pännercher, Schëppen, Reecher, Eemeren a richtegem Sand dran. Ech huelen e Grapp Sand a loossen en duerch meng Fangere glëtschen. Et ass e gutt Gefill. En ass sou reng, e fillt sech sou duuss un. Sou seideg wéi meng Hoer.
- Kanns de mer soen, wat s du lo fills?
- Ech fille Sand.

Ech kann hir net soen, dass ech u meng laang, seideg Hoer geduecht hunn, déi ech mer selwer geschnidden hat. Dat si scho bal dräi Wochen hier. Si hunn duerno zimmlech zerfatzt ausgesinn. Ech hat mer se deen Owend e gutt Stéck méi kuerz misse schneiden, well mat hinnen eng schlecht Erënnerung verbonne war. Beim Coiffer hunn ech se nees a Fassong bruecht kritt. Et ass eng Kombinatioun aus Bob a Pixie. Am Salon hate s'all verwonnert gekuckt, wéi ech erakomm war. D'Coiffeuse wollt wëssen, wat mech dann ugaange wär, fir mer d'Hoer esou ze verfuschen. Firwat mussen d'Leit ëmmer virwëtzeg sinn? Ech hunn hir d'Wouerecht net gesot. Et hätt souwisou kee mer gegleeft, wann ech d'Ursaach gesot hätt. Ech hu mech missen erausrieden. E puer Meedercher aus menger Klass schneiden hir Hoer no Tutorials, sot ech, ech hätt dat net färdegbruecht an hätt et op gutt Gléck versicht. Mäi Versuch wär awer schif gaangen, well d'Schéier net sou geschnidden hätt, wéi ech wollt, an duerno hätt ech misse retten, wat nach ze rette war. An der Schoul hunn s'och all geaaft. Nëmmen dem Sandrine, menger Frëndin, konnt ech zouginn, wat wierklech passéiert war. Awer och eréischt no enger Zäit. Ech weess, dass ech hei eng Kéier doriwwer schwätze muss, wann d'Geleeënheet bis do ass. Wat fir e jonkt Meedche schneit sech seng Hoer, fir enger schlëmmer Erënnerung lasszeginn?

D'Madamm Wallmer kuckt mer no, wéi ech mat der Hand de Sand kraulen. Si léisst mer Zäit.

Hir kann ech alles erzielen. Ech wëll hir och alles erzielen. Ech däerf näischt ausloossen. Wéi laang ech brauch, dat weess ech net. Ech weess och net, wéini ech mech trauen, mech op der Klunsch ze zeechnen. Ech war mech och eng Kéier op d'Klunsch sëtze gaangen. Eemol owes spéit. Dat war awer net fir ze klunschen. Dofir war ech erféiert, wéi ech fir d'éischt an dëst Zëmmer erakomm war. Mir ass gläich dat déckt Kloterseel opgefall, dat mat engem Krop um Plaffong festgemaach ass a bal bis un de Buedem geet. Ënnen um Wutz ass en décke Knuet fir sech mat de Féiss ofzestäipen. D'Seeler vum Mia senger Klunsch sinn net sou déck.

Ech hätt scho Loscht, mech un dësem Seel hin- an hier ze schaukelen.

2

Déi zwee Haiser vun de Famillje Mischels an Dorbach si jumeléiert a leien an engem rouege Wunnquartier an enger Strooss, wou et net vill Duerchgangsverkéier gëtt. En Deel vum droten Zonk, deen déi zwéi Gäert vuneneen trennt a laanscht deem Kloterplanze wuessen, ass op enger Plaz an der Mëtt futti an e Stéck hält wéinst dem verraschtenen Drot net méi un der metalle Staang fest a kann dowéinst ënne mat de Schung plattgedréckt ginn, fir e schmuele Passage ze loossen, wann een d'Getraisch liicht auserneendréckt.

Ier d'Famill Dorbach an d'Haus niewent der Famill Mischels geplënnert ass, huet d'Famill Migny do gewunnt. D'Connie Mischels ass ëmmer gär eriwwer bei d'Chloé, Mignys hiert klengt Meedchen, spille gaangen. Hatt konnt duerch d'Gäert eriwwer goen, vun hirer Terrass bis an de Gaart, an dann duerch déi futtis Spléck am droten Zonk bis an den Nopeschgaart, souguer ouni senger Mamm eppes dovun ze soen. Esou konnt et, wann et Loscht hat, eriwwer bei d'Nopeschmeedche goen, fir mat him an der Kummer mat de Poppen oder mam Bauerenhaff ze spillen, ze bastelen an ze molen, fir an de Gaart ze goen, fir mat him an der Sandkaul Tiermercher ze bauen oder op der Klunsch, déi den Här Migny am Gaart montéiere geloos hat, ze schaukelen. Déi zwee Meedercher hu vill flott Stonne matenee verbruecht.

D'Madamm Mischels hat am Ufank näischt dergéint, wann d'Connie eriwwer bei d'Chloé gaangen ass, an d'Madamm Migny war och frou, well da war hiert klengt Meedche fir eng Stënnche beschäftegt an si huet net missen déi ganzen Zäit op et oppassen. D'Chloé war ëmmer frou, wann d'Connie bei hatt komm ass. D'Connie war gär beim Chloé, bei him konnt et ofschalten. A sengem Alldag war dat eng wëllkomm Ofwiesslung, déi him gutt gedoen huet an op déi Manéier konnt et gläichzäiteg sengem Brudder, dem Max, fir eng kuerz Zäit aus de Féiss goen. Hatt ass nämlech zum Babysitter vu sengem Brudder ginn, well seng Mamm, no der Scheedung, nees hallefdaags schaffen huet misse goen. Si ass Assistentin an der Betribsleedung vun enger grousser Baufirma. Wann d'Connie a seng Mamm keng Zäit haten, ass de Max bei eng Frëndin vun der Mamm gaangen, déi net wäit ewech wunnt. De Max, dee véier Joer méi jonk wéi d'Connie ass, ass schwéier ze hidden a mat näischt zefridden, dofir ass et dem Connie op d'Nerve gaangen, ëmmer mussen no sengem Brudder ze kucken. Déi zwee versti sech net extra gutt mateneen. Ee Gléck beschäftegt de Max sech meeschtens mat senge villen Online- a Computerspiller. Dat ass dem Connie Senges näischt, grad esou wéi déi sozial Medien. Et ass iwwert kee jalous a kee brauch sech mat him ze moossen. Hatt zitt sech gär a seng Kummer zréck. Do huet et seng Rou. Et gëtt sech keng Méi, fir mat Leit a sengem Alter a Kontakt ze trieden. Hatt ass léiwer fir sech.

Vun engem Dag op deen anere wollt seng Mamm net méi, dass hiert Meedchen duerch d'Gäert bei d'Nopere géif goen. Iwwert dee „Schläichwee" – wéi si et genannt huet – war et op eemol verbueden. D'Connie huet ëmmer bei den Nopere schellen a senger Mamm virdru Bescheed soe missen. Vläicht wéilten déi net méi, hat seng Mamm him erkläert, datt hatt op eemol onverhofft bei hinnen opdauche géif, an si genéiere sech, him dat ze soen. Dat war hir eenzeg Erklärung bliwwen. D'Connie huet sech dru gehalen. Sech mat senger Mamm dowéinst ze zermaulen, hätt kee Wäert gehat. Souwisou schwätzt seng Mamm net vill mam Connie, a wann si him eppes ze soen huet, ass s'ëmmer kuerzugebonnen. Wann s'eppes géint d'Connie ze meckeren huet, wiert hatt sech net an et schléckt alles, esou komme se gutt mateneen zu Wee. D'Connie ass net staark genuch, fir sech hir ze widdersetzen.

Un déi hefteg Diskussiounen tëschent senger Mamm an hirem Ex-Mann virun der Scheedung erënnert d'Connie sech net gären. Och no der Scheedung sinn et nach Streidereie ginn, déi hatt ëmmer opgewullt hunn, dobäi wär et sou wichteg fir hatt gewiescht, sech Opreegungen z'erspueren. Bei seng Angschtgefiller ass dann nach eng bannenzeg Onrou dobäikomm. Huet de Papp d'Garde, knoutert en ëmmer, wann e sech ëmstelle muss, besonnesch wann et Ëmstellunge sinn, déi säi Wochenoflaf a säin Terminkalenner als Comptabel an enger Fiduciaire op d'Kopp geheien. D'Connie muss sech iwwerwannen, bei hien ze goen. Bei him, am Appartement, ass vill manner Plaz wéi am Haus, et gëtt kee Gaart, an d'Nopeschmeedche feelt him.

D'Connie war frou, dass et iwwerhaapt nach bei d'Chloé konnt goen, wann och net méi duerch d'Gäert. Eng Kéier awer hat seng Mamm gesot, si wéilt iwwerhaapt net méi, dass hatt bei d'Chloé spille geet. D'Connie war doriwwer wéi virun de Kapp gestouss. Seng Mamm kéint him dat dach net verbidden! Wat dann d'Ursaach wär? Si hat him keng Erklärung ginn. An d'Connie huet sech gefrot, wat de Grond kéint sinn. Hatt wousst net, ob eng Kéier eppes virgefall war, vläicht eng Kéier eppes Schlëmmes tëschent den zwou Fraen, hate si sech eng Kéier zermault, oder wat, – hatt konnt sech einfach net erklären, firwat seng Mamm op eemol sou eekleg mat him konnt sinn. Hat s'Angscht, d'Connie géif doiwwer eppes klapen, wat d'Mignys näischt ugeet?

Heiansdo waren déi elterlech Diskussiounen esou haart, dass ee se bis eriwwer héiere konnt. Awer d'Mignys waren därer keng, déi beim Meedchen nogefrot hätten, firwat seng Eltere sech esou streide géifen. A wann se gefrot hätten, wat hätt d'Connie hinnen da soe sollen? Et huet souwisou nëmmen d'Hallschent dovu verstanen. Dach, et hätt scho gewousst z'erzielen, mat wat fir béisen Ausdréck seng Eltere sech vernenne géifen, awer dofir hätt et sech genéiert. A souwisou wär dat d'Noperen näischt ugaangen. Vill léiwer hätt et eppes iwwert sech selwer erziele wëllen, awer dat huet et sech net getraut. Dofir hätt et méi Courage gebraucht, an deen hat et net.

Seng Mamm wär, wann se bei deem Verbuet bleiwe géif, eng richteg Spillverdierwerin, dat wär jo eng reegelrecht Strof fir hatt, an net nëmme fir hatt, och fir d'Chloé an och fir dem Chloé seng Mamm. Wat hätt d'Madamm Migny sech da fir Froe gestallt, wann d'Connie hir op eemol gesot hätt, ech däerf net méi bei d'Chloé spille kommen? Ee Gléck hat seng Mamm dee Verbuet nees gläich zréckgezunn, si hätt dat nëmmen aus enger Laun eraus gesot. D'Connie huet dat als Erklärung oder als Entschëllegung gëlle gelooss, konnt sech awer net richteg domadder offannen, dass si sou eppes als topegen Afall bezeechent hat, awer no enger Zäit huet et sech weider keng Gedanke méi doriwwer gemaach, wat senger Mamm am Kapp ronderëmgaange war, fir iwwerhappt op déi Iddi ze kommen. D'Haaptsaach, d'Connie krut dat net verbueden.

Dat muss zu där Zäit gewiescht sinn, wou et dem Connie opgefall war, dass seng Mamm guer kee Kontakt méi mat der Madamm Migny gesicht huet. Soss ass et mol virkomm, dass déi zwou Frae beim Drot stoungen, fir eng kleng Kosettchen ze halen, mee domadder war et enges Daags eriwwer. D'Connie huet seng Mamm och bal guer net méi am Gaart gesinn. Si hat d'Loscht un de Gaardenaarbechte verluer. D'Onkraut ass do Meeschter ginn an déi zwee Villercherhaisercher um ale Quetschebam si ganz zerfall, et héiert ee keng Villercher méi am Gaart, dobäi gëtt et keng eenzeg Kaz an der ganzer Ëmgéigend. Soss, wéi d'Madamm Mischels nach zesumme mat hirem Mann am Haus gewunnt huet, huet si am Gaart alles erleedegt, si huet d'Wiss geméint, d'Hecken zréckgestutzt, d'Buedemsträife gemulcht a Blumme geplanzt. D'Loscht, fir de Gaart an der Rei ze halen, muss hir no der Scheedung vergaange sinn. Et huet geschéngt, wéi wann si vun engem Dag op deen anere kee Kontakt méi mat den Noperen an de Leit aus dem Quartier wollt hunn, well si ass hinnen aus de Féiss gaangen. Dem Connie war dat egal. D'Haaptsaach, hatt huet nach dierfe bei d'Chloé spille goen.

Wéi et gewuer ginn ass, dass d'Famill Migny plënnere géif, ass eng Welt fir hatt zesummegebrach.

3

Wéi ech fir d'éischte Kéier an d'Zëmmer erakomm sinn, hunn ech gemengt, et wär e Spillzëmmer. Net nëmme wéinst der Sandkaul, mee och wéinst de ville Playmobil- a Fantasyfiguren, déi konterbont aus verschiddene Kollektiounen zesummegewierfelt an all uerdentlech op Etagèren an engem oppene Schaf opgestallt sinn. Et gëtt Schief mat Kanner- a Jugendbicher, Spillgezei, Barbiepoppen, Mol- a Bastelmaterial. Widdert enger Mauer steet e Flipchart an am Eck e Poppenhaus mat e puer Babypoppen. D'Zëmmer ass gemittlech ageriicht. Et gëtt e Bastel- an en Entspanungseck mat décke Pillemen an engem Schaukelstull. An engem grousse stréie Kuerf leien eng Dose Plüschdéieren.

Op zwou vu véier Fotelle leie reeboufaarweg Decken. Wat e Luxus, datt ech mam Sëtzen d'Wiel hunn.

An der Mëtt vum Zëmmer steet en niddregen Dësch, derniewent leien e puer Coussinen, op déi ee sech sëtze kann. Et gëtt e Sëtzsak an e Schaukelstull a beim Schreifdësch steet e Stull mat Rieder. Op zwou Maueren hänkt eng Tapéit mat risegem bloe Blummemuster. Eng aner Mauer ass wäiss ugestrach. Op där hänken e puer Postere mat enger Bierglandschaft, engem Sonnenopgang an enger Plage, op där Muschele leien. Da gëtt et nach eng Mauer, un där e Kalenner an e ganze Koup Biller hänken, déi aner Kanner a Jugendlecher gemoolt haten. Et ass e gutt Gefill, an en Zëmmer ze kommen, wou en Deel dovu mat Mercien tapezéiert ass. Ëm déi Zäit, wou ech hei sinn, fänkt et schonn un däischter dobaussen ze ginn. Et liicht eng Lut vum Plaffong erof, déi ausgesäit wéi eng grouss Plastiksklack. D'Spillzelt ass éischter fir déi méi kleng Kanner geduecht. Ech hat mer alles heibanne genee ugekuckt. Ech hunn e Gefill vu Sécherheet misse kréien. Näischt däerf mer friem virkommen. Ech muss mech heibanne wuel fillen. Virun näischt däerf ech méi Angscht kréien, mol net méi virun engem Zëmmer. Ech wëll net méi, dass e Raum sech nach eemol zesummenzitt, well dann zitt och d'Zäit sech zesummen an da kréien ech keng Loft méi.

D'Madamm Wallmer leet mer d'Blat, op dat ech d'Klunsch gezeechent hat, viru mech op den nidderegen Dësch.

Meeschtens sëtzen ech um Stull. Elo sëtzen ech mech op de Buedem, op deem en däischterbloen Teppech läit. Beim Mia an der Kummer sëtzen ech dacks am Schneidersëtz um Buedem op sengem Spillteppech. Wann een op deem sëtzt, mengt ee mat den opgemoolten Déiereperchen, de Ställ, dem Heekoup, de Kéi an dem Trakter, et wär een op engem Bauerenhaff. Ech hat d'Madamm Wallmer ee Moment gekuckt, well ech hat d'Gefill, si wéilt net, dass ech mech op de Buedem sëtzen. Si verbitt net gären *eppes*, sot se mer gläich am Ufank, ausser ech hätt eppes Schlëmmes wëlles, dat mer séilesch oder physesch schuede kann. Dat Eppes-Schlëmmes, dat ech mir heiansdo selwer ugedoen hat an un dat ech an deem Moment geduecht hat, hunn ech hannert mer. Do brauch si sech also keng Suergen ze maachen.

Ech huelen e bloe Stëft an ech zeechnen d'Mia, wéi et op der Klunsch sëtzt. Endlech trauen ech mech. Ech maache mer et elo ganz einfach. Zwee Rondelen op dem Rechteck, – ee méi grousse fir de Bauch, ee méi klenge fir de Kapp – ouni dee klenge Stréch dertëschent fir den Hals. Dann nach zwee Strécher lénks a riets vum grousse Rondel fir d'Äerm bis widdert d'Seeler an zwee Strécher enne fir d'Been, déi no vir gestreckt sinn. Wann ech besser zeechne kéint, da wär meng Figur elo méi präzis wéi nëmmen e schappege Stréchmännchen. Ech bewonneren déi Leit, déi gutt am Zeechnen an am Mole sinn an déi hir Gedanken oder Iddien op groussen Tableauen ausdrécke kënnen. Gutt Moler hu ganz bestëmmt eng Faarfpallett amplaz vun hirem Häerz an hir Gefiller sinn hir Pinselen.

– U wat denks de?

– Schued, datt ech net besser zeechne kann.

– Fir en Ufank ass et dach gutt.

Fir mech ofzelenken, hunn ech déi lescht Joer nëmme Spirale gezeechent, an der Schoul an doheem. Ech hat ëmmer e klengt Heft bei mer. An der Mëtt vum Blat setzen ech d'Spëtzt vum Bläistëft op an dann dréinen ech Kreesser, déi ëmmer méi grouss, ëmmer méi grouss ginn. Dat berouegt mech. Heiansdo sinn ech dovun dronke ginn, sou wëll hunn ech gedréint. Et gëtt der, déi drénken Alkohol fir ze vergiessen. Ech hu Spirale gezeechent. Ech hunn Hefter voll domat.

– Ass dat d'Mia?

– Jo, d'Nopeschmeedchen.

Schonn nees eng Paus. Am Ufank war et mer schwéiergefall, d'Klunsch mam Mia drop ze zeechnen, well se mech u säin Accident erënnert. Dat hat ech der Madamm Wallmer gesot, ier ech d'Klunsch ouni d'Mia gezeechent hat.

– An der grousser Vakanz sinn ech dacks bei d'Mia spille gaangen. Nodeems dem Chloé seng Elteren op Paräis geplënnert sinn.

– Déi hu virdrun niewent iech gewunnt?

– Jo. Bal fënnef Joer. Wéi d'Chloé net méi do gewunnt huet, war ech frou, wéi op eemol d'Mia do war.

– Wéi al ass d'Mia?

– Sechs Joer. Ech sinn och zwee- oder dräimol owes beim Mia bliwwen, wa seng Elteren an de Restaurant gaange sinn oder an de Kino. Ech hu mam Mia gespillt, him virgelies, a wann et am Bett louch, hunn ech gewaart bis et ageschlof ass.

– Du bass gär bei d'Mia gaangen?

– Jo. An ech wär net hei an dësem Zëmmer, wann aner Leit wéi d'Famill Dorbach an dat Haus geplënnert wären.

– Aner Leit?

– Zum Beispill eng Koppel ouni Kanner oder eng mat méi eelere Kanner. Wann ech lo dorun denken, war dat wéi e Glécksfall. Nees eng Koppel mat engem klenge Meedchen.

– Dat war Zoufall.

– Dat war keen Zoufall. Dat huet missen sou geschéien.
– Missen?

Ech weess, dass ech esou geduecht hat, wéi ech d'Famill Dorbach fir d'éischt gesinn hunn. Ech weess net, wien oder wat do am Universum d'Hänn am Spill hat. Deen Dag stoung ënnert engem besonnesch gudde Stär. Dovu sinn ech iwwerzeegt. Wéi wann eng kosmesch Kraaft d'Marielle, säi Mann an hiert Meedchen absichtlech an dat Haus geleet hätt. Wat wär aus mir ginn, wann si net a mengem Liewen opgedaucht wären? Nëmmen dem Marielle hunn ech ze verdanken, dass sech déi lescht Zäit bei mir villes zum Bessere verännert huet. Bei dëse Gedanke fält mer an, dass ech nach eng Kéier un eng änlech Zort vu besonneschem Afloss geduecht hat. Dat ass nach net sou laang hier. Dat war deen Owend, wou ech spéit an der Nuecht am Gaart weeder an nach aus wousst. Do war et de Mound, deen d'Hand iwwert mech gehalen hat.

Der Madamm Wallmer hir grouss opgerappten Ae versichen, Wierder aus mengem Mond erauszelackelen. Mat menge Gedanke kann si näischt ufänken. Ech mierken, dass si gär Maischen a mengem Kapp wär. Ech weess net, wéini ech d'Geleeënheet kréien, hir z'erzielen, wéi d'Moundliicht mech eng Kéier an der Nuecht ënnert säi Schutz geholl hat. Awer eemol wäert et dozou kommen, dovu sinn ech iwwerzeegt.

– Et hänkt alles zesummen, mengen ech. Net nëmmen op der Äerd.
– Wou dann nach?
– Ma am ganzen Universum. Ech ka mer d'Zesummenhäng awer net richteg erklären.

D'Madamm Wallmer zitt d'Schëlleren erop. Ass dat eng Opfuerderung fir mech, méi mat der Sprooch erauszeréckelen?

– Du behäls s'awer net fir dech? ... Du sees mer s'awer, gell? Dat ass de Sënn vun dëse Seancen.
– Ech weess net, ob alles, wat am Liewe geschitt, e Sënn huet. Wann näischt e Sënn hätt, hätten dës Seancë jo och keen.

– Et besteet net alles aus einfachen Zesummenhäng.
– Firwat net aus engem laange riichte Stréch amplaz Spiralen? … Ganz onkomplizéiert.
– Connie?
– Ja?
– Firwat hues du dann déi blo Faarf geholl?
Meng Therapeutin mécht elo en Zesummenhang tëschent mengem Choix vun de Faarwen an dem Mia. Wéi wa blo eng bestëmmte Bedeitung hätt. Ech kucken d'Zeechnung. Ech hätt keng aner Faarf fir d'Mia huele kënnen.
– Blo geet him gutt. D'Mia huet blo gär.
Un dee méi klenge Rondel hätt ech säitlech kleng Strécher zeechne kënnen. Strécher déi vum Kapp ewechstinn. Strécher wéi Hoer. Dem Mia seng Witzercher. Fir déi misst ech awer eng aner Faarf huelen. Eng hellbrong. D'Mia huet mëttellaang, hellbrong Hoer. Meng si pechschwaarz. Wann een enger Figur, a sief et nëmmen enger Stréchfigur, Hoer zeechent, da gëtt se méi echt. Ech sinn haut nach net prett, fir dem Mia seng kuerz Hoerwutzen ze zeechnen, obwuel et grad wéinst deenen en Zesummenhang mat mir gëtt, well s'eng besonnesch Bedeitung fir mech haten. Ech bewonneren d'Witzercher bei him, well ech se sou witzeg fannen oder, wéi soll ech soen, sou natierlech. Dofir sinn ech scho mol frou, datt ech mech iwwerhaapt getraut hunn, d'Mia ze zeechnen. D'Mia als Stréchfigur.
– Ech hunn nëmmen d'Ëmrësser gezeechent. Seet een sou?
– Oder Konturen.
– Ech hunn dat Wuert léiwer. *Ëmrësser* kléngt sou ellen. Wierder kënne wéidoen.
– Du mengs, wann s'elle kléngen?
– Ech kennen aner Wierder, déi kee schéine Klang hunn, wéi Sireen oder Accident oder Gejäiz. Et gëtt och ganz Sätz, déi elle kléngen a sech an engem Eck am Kapp verkrauchen, soubal se gesot gi sinn.

– Firwat?
– Well se sech schummen.
– U wiem läit dat dann?
– Un der Sprooch net.
– Déi kann net fir bestëmmte Wierder, wëlls de soen?
– Net fir schlëmm Wierder. Dat ass der Sprooch hir Schold net. Soss hätt se scho selwer verschidde Wierder aus mengem Vokabulär gestrach.

Ech hunn d'Gefill, dass d'Sprooch et hei gutt mat mer mengt. Op jiddwer Fall vill besser wéi déi Jore virdrun. Si huet wëlles, sech nees besser mat mir ze verdroen an ech muss derfir suergen, dass dat esou bleift a mer zesummen déi richteg Wierder fannen.

– Du weess, dass du hei alles soe kanns. Ech hëllefen der dobäi.

Ech wëll net, dass d'Sprooch mech am Stach léisst. Soss sinn ech ganz verluer. Da kann ech mol net méi ëm Hëllef ruffen. Lues a lues muss ech léieren, och déi Saachen ze soen, déi meng Sprooch net gutt verdréit. An d'Madamm Wallmer lauschtert mer dobäi no. Si huet en Don dofir. Meng Gedanke ware soss ëmmer aus däischteren Téin. Vu gro bis pechschwaarz. Dofir hu se mer Angscht gemaach. An dowéinst hunn och gewësse Wierder sech bei mir op eng däischter Plaz am Kapp zréckgezunn, wéi an en ofgeleeënen Eck, deen se net méi verloosse wollten. Ech hu mech ni getraut mat engem Mënsch iwwert dat, wat virgefall war, ze schwätzen. Mol net mat menger Mamm.

Ech weess, dass d'Madamm Wallmer sech net u schlëmme Wierder stéiert. Hir Ouere si gewinnt, gewësse Wierder nozelauschteren, déi Oueren, déi net genuch trainéiert sinn, net gären héiere wëllen. Ech weess ganz genee, wat sech alles hannert schlëmme Wierder verstoppe kann an dofir konnt ech déi eng Zäit laang net ausschwätzen.

– Hei kriss du Hëllef, Connie, wann s du bereet bass, däin Häerz auszeschëdden.

Ech beweege meng zoue Fauscht bis bei meng Häerzgéigend, da maachen ech se schéi lues op, wéi wann ech eppes erausschëdde géif.

– Da muss ech máin Häerz fir d'éischt opmaachen.

Der Madamm Wallmer schéngt mäi Gest gefall ze hunn. Si muss schmunzen an iwwerleet. Da pëtzt se den Daum an den Zeigefanger widderteneen, rëtscht méi no bei mech a mécht a menger Häerzgéigend eng Beweegung, wéi wann s'eppes opspäre géif.

– Du muss däin Häerz opspären. D'Schwätzen ass de Schlëssel.

4

Den Yves Dorbach hat eng Plaz als Vendeur bei engem Autoconcessionnaire am Éislek, a wéi et geheescht huet, e kéint vun Enn August u Chefvendeur am Grand Garage du Sud ginn, gouf et eng geographesch Ëmstellung.

Virun dräi Joer hat seng Fra, d'Marielle Dorbach, hir Plaz als Léierin zu Esch opginn, fir mat hirem Mann op Wolz ze plënneren. Net gären, mee noutgedrongen. Deemools goufen et laang an hëtzeg Diskussiounen, ob dem Yves seng verbessert finanziell Situatioun méi wichteg wär wéi dem Marielle seng beruflech Zefriddenheet. Hatt war gär Léierin an där Stad, d'Mia, hiert Meedchen, hat eréischt dräi Joer, dem Yves seng garantéiert Aussiicht, an dräi Joer kënnen als Chefvendeur vu Wolz nees an de Minett ze wiesselen an d'Méiglechkeet fir e puer Joer um Land ze liewen, – de ganze Pour a Contre gouf beschwat an zesummen hate si mat net grad liichten Häerzer d'Decisioun geholl, fir e puer Joer an d'Éislek ze plënneren.

Si hunn an engem groussen Eefamillienhaus zu Wanseler gewunnt an d'Marielle krut eng Klass an der École fondamentale Reenert zu Wolz.

D'Koppel war frou, fir nees an hir Heemechtsstad zréck ze plënneren. D'Marielle hat d'Chance, datt an der selwechter Gemeng a souguer an der selwechter Schoul eng Klass opgaangen ass. Fir d'Rentrée am neie Schouljoer kéim et sou nees op seng fréier Aarbechtsplaz. D'Mia kéim mat senge sechs Joer an déi selwecht Schoul, wou seng Mamm schafft, an d'Bessemer-Schoul. D'Mia hat scho Frëndinnen, an et war natierlech traureg, well et déi net méi erëmgeséit, an d'Elteren hunn dofir gehofft, datt et sech séier an deem komplett neien Ëmfeld a bei neie Kanner wuelfille géif.

Soubal d'Connie de Plënnerwon virun der Garagenafaart vum Nopeschhaus geséit, stellt et sech bei d'Fënster, fir vun hannert dem Riddo eraus op d'Strooss ze kucken.

Virun enger Woch stoung et net verstoppt hannert dem Riddo, mee op der Trap virun hirer Hausdier an hat ganz ontréischtlech nogekuckt, wéi d'Noperen erausgeplënnert sinn: d'Chloé mat sengen Elteren, der Madamm an dem Här Migny. D'Plënnerleit waren anerer an um Won, dee vollgeluede gi war, stoung den Numm vun enger anerer Transportfirma. D'Famill Migny ass op Paräis geplënnert, well dem Här Migny seng franséisch Firma, déi sech och zu Lëtzebuerg etabléiert hat, him do eng besser bezuelte Plaz ugebueden hat. D'Chloé war traureg, wéi seng Elteren him dat matgedeelt haten. D'Connie war och net frou.

Et hat sech déi lescht Méint net méi sou gutt mam Chloé verdroe wéi déi Jore virdrun. Dee klenge Sträit wéinst deem Virfall mat de Poppen hate se vergiess kritt. Et war kee richtege Sträit, awer d'Connie war wéinst sengem schlechte Gewëssen net méi sou dacks bei d'Chloé spille gaangen. Et huet him awer onbedéngt missen Äddi soen, si haten dach souvill flott Momenter matenee verbruecht. Ongeféier fënnef Joer huet d'Famill Migny niewent der Famill Mischels gewunnt, ier s'op Paräis geplënnert ass. D'Meedercher louche sech laang an den Äerm, e puer Tréine ware gelaf. Si hate sech laang gewénkt, d'Chloé aus dem Auto, d'Connie vun der Trap aus.

D'Connie luusst weider zur Fënster eraus. Et versicht sou gutt wéi méiglech net opzefalen. D'Plënnerleit droe Këschten, Miwwelstécker an Tuten an d'Haus. Kee Mënsch ka sech virstellen, wéi grouss dem Connie seng Opreegung ass. Wéi flott wär et fir hatt, wann déi nei Noperen e klengt Meedchen hätten, bei dat et och nees goe kéint. Tëschent sechs an aacht Joer, am Chloé sengem Alter. Et kéint och méi al sinn awer net méi jonk. Wat kéint et mat engem ze klenge Kand spillen? En ze vill e groussen Altersënnerscheed wär net gutt.

Et gesäit lo e Mann aus dem Haus erauskommen. En hëlleft de Plënnerleit an dréit eng grouss Plastikstut an d'Haus. Aus engem Auto, deen elo hannert dem Plënnerwon parkt, klëmmt eng Fra eraus. Si hëlt vum hënneschte Sëtz e Koup Mäntel, déi op Bigelen hänken. Hannen am Auto sëtzt e Kand. Et klëmmt och aus dem Auto. Et ass e Meedchen.

„Dat ass lo keen Zoufall oder eng falsch Impressioun", geet et dem Connie duerch de Kapp. D'Bild vum Chloé, dat an den Auto klëmmt, blëtzt als kuerz Erënnerung an dem Connie senge bannenzegen Aen op a gëtt op d'Sekonn ersat duerch en neit Bild, wéi e fléissenden Iwwergang. Gëtt dat déi glécklech Fortsetzung, déi hatt sech gewënscht hat? Huet eng mysteriéis Kraaft do d'Fiedem gezunn?

D'Bild ass kloer an däitlech.

Dat Meedchen ass bal sou grouss wéi d'Chloé. Et gläicht him och e bësschen, sou wäit d'Connie dat op där Distanz erkenne kann. Et muss grad sou al si wéi hatt, siwe Joer vläicht, denkt d'Connie, dat selwecht ronnt Gesiicht, déi selwecht Hoerfaarf, hellbrong. Zu zwee säitleche Witzercher zesummegebonnen. D'Meedchen huet e Plüschdéier am Grapp. Et kann een et gutt erkennen. Et ass e Kaweechelchen. Dem Connie säin Häerz klappt méi séier. Méi brauch hatt lo net ze gesinn.

5

Ech fille mech hei ëmmer méi wuel. D'Zëmmer fillt sech och wuel mat mir. Ech mierken dat, soubal ech erakommen. Et gëtt Zëmmeren, déi bréngen et färdeg, Leit mat oppenen Äerm z'empfänken. Ech sinn hei wëllkomm. Et ass gemittlech heibannen. Déi ganz Bannenariichtung wëll och, dass ech mech wuel fillen an d'Schwätze mer liicht fält.

D'Madamm Wallmer hat d'Zëmmer „Therapiezëmmer" genannt, wéi meng Mamm an ech déi éischte Kéier an de Raimlechkeete vun der Assistance fir Kanner a Jugendlecher an Nout waren. Vun offizieller Säit hat et geheescht, meng Mamm misst d'Demarche maachen, fir professionell Hëllef an Usproch ze huelen. Dat wär eng Saach vun hirer Verantwortung. *Demarche* ass eent vun de ville Wierder, déi ech déi lescht Zäit nei bäigeléiert hunn. Duerno sinn ëmmer nach anerer op menger Lëscht, op déi ech mer speziell Sätz a Wierder opschreiwen, dobäi komm. Wéi zum Beispill *Signalement*, *Auditioun* oder *Enquête*.

Et war menger Mamm schwéiergefall, d'Demarche ze maachen, well si am Ufank guer net dovun iwwerzeegt war. Si war nämlech no eisen Auditiounen der Meenung, dass mer keng Hëllef bräichten. Kee vun eis zwee. Dat hat mer ganz vill ausgemaach. Trotz hiren éischte Bedenken hat meng Mamm zu gudder Lescht awer agesinn, dass ech Hëllef néideg hätt. Et hat dofir e bëssen Zäit gebraucht, bis s'endlech averstane war, fir déi psychologesch Ënnerstëtzung unzefroen. Ech war op eng gewësse Manéier erliichtert, well ech do endlech dat gutt Gefill kritt hat, dass meng Mamm mech net méi am Stach géif loossen. Bei hir kann een nämlech ni sou sécher sinn. Si ass esou onbestänneg wéi eng donkel Wiederwollek. Entweder gëtt et e Schloreen oder si mécht der Sonn Plaz. Bei menger Mamm kënnt d'Sonn ni ganz hannert der Wollek eraus. Virdrun hunn ech scho vill misse wéinst hir erdroen, an et ass villes net esou verlaf, wéi ech mer et erwaart a gehofft hat. Ech hat et wierklech verdéngt, datt ech eng Kéier zur Rou kommen.

Dee wichtegsten an entscheedendste Saz, deen zu gudder Lescht alles an d'Weeër geleet an derfir gesuergt hat, datt meng Mamm d'Demarche gemaach hat, war, wéi se gesot hat: „Ech wëll jo nëmmen dat Bescht fir mäi Meedchen." Dee Saz hat ech mat verschiddene Faarfstëfter opgeschriwwen. Et war wéi eng Erléisung. Endlech konnt ech e riichten an décke Schlussstréch a mäin Heft zéien. Vun do u war et endgülteg eriwwer mat menge Spiralenzeechnungen.

Dat éischt Gespréich war mat menger Mamm aleng gefouert ginn. Si sot mer net vill driwwer. Nëmmen, datt si eng psychologesch Ënnerstëtzung ugebuede kritt huet, an datt fir mech eng psychotherapeutesch Begleedung wichteg wär.

Dat nächst Gespréich – also fir mech dat Alleréischt – hate meng Mamm an ech zesumme mat zwou Damme gefouert, an zwar mat der Madamm Welfring, enger Sozialpädagogin, an der Madamm Wallmer, enger Kanner- a Jugendtherapeutin. Et war mol fir d'éischt en Terminkalenner fir déi nächst Gespréicher opgestallt ginn. Fir mech goufe méi Seancë virgesi wéi fir meng Mamm.

„Mir si frou, Madamm Mischels, datt Där d'Demarche gemaach hutt", hat d'Madamm Welfring gesot, „an Är Mataarbecht ass fir eis grad sou wichteg wéi déi vun Ärem Meedchen."

Duerno war et gläich ëm d'Kenneléiere gaangen. Jiddereen huet sech kuerz virgestallt. Wéi et ëm d'Ursaach goung, firwat mer heihi komm waren, huet meng Mamm, well ech dobäi war, gezéckt an no de richtege Wierder misse sichen. Et war hir schwéiergefall, d'Ursaach bei mir zou ze soen. No e puer Hemmserten hat sech hir Sprooch geléist: „Mäi Meedche behaapt, säi Papp hätt hatt am Intimberäich beréiert."

Si war zimmlech genéiert, wéi se dat sot. Mee wat hätt se aneschters soe sollen? Dat huet jo gestëmmt. Ech war och genéiert, wat mech awer méi gestéiert huet, war, dass s'am Ufank vum Saz „Mäi Meedche behaapt" gesat hat. Wéi wann se soe wéilt, si wär net sécher, ob et stëmmt, mee hiert Meedche behaapt et mol, an duerch den „hätt" géif se nach zousätzlech en Zweifel ausdrécken. Ech hat dat mat deem „hätt" och vläicht falsch opgeholl. Muss een net „hätt" hannert „Hatt behaapt" soen?

Déi zwou Fraen hate mech bekuckt an déi méi eeler vun hinnen huet gesot: „Äert Meedche kann eis dat erzielen."

Dat huet fir mech sou geklongen, wéi wann ech hinnen eng Geschicht misst erzielen. Dobäi hat ech dach schonn alles der Enquêtrice am Detail gesot. Ech hu gehofft, datt et sech fir mech loune géif, heihin ze kommen. Ob et sech fir meng Mamm lount, war fir mech an deem Moment net sou wichteg. Mat mir, sote se, wéilte s'e gudde Kontakt opbauen.

„Du kanns dech eis roueg uvertrauen. Mir gi keng Informatioune weider a mir schwätzen iwwert all Schratt, dee mer zesummen ënnerhuelen."

Wéi se mech no mengen Hobbye gefrot haten, sot ech, ech hätt keng. Vum Spiralenzeechne sot ech näischt. Dat ass kee richtegen Hobby. Et ass en Zäitverdreif. Net fir d'Zäit opzefëllen, mee fir se méi séier ze verdreiwen. Ech hätt mech déi lescht zwee Joer fir bal näischt interesséiert, an op d'Fro firwat, sot ech: „Dat huet domadder ze dunn, woufir ech hei sinn."

Et stëmmt, datt ech mech komplett an eng Niewewelt zréckgezunn hat. Do war keng Plaz fir Fräizäitbeschäftegungen. Wat heescht da fräi Zäit, wann een a sengem Kierper gefaangen ass? Ech sot, ech wär op enger 6e am Lycée Méchel-Lentz an ech géif mech an zwee Joer am Lycée Technique fir Professions de Santé aschreiwen, well ech Aide-Soignante wëll ginn. Ech hätt och nees eng Frëndin, déi scho mol meng Frëndin war, awer ech wollt jo laang mat kengem méi eppes ze dinn hunn. Wéi ech gefrot gi war, wat meng Schwächten a meng Stäerkte wären, hunn ech hinne gesot, datt ech mech ëmmer freeën, bei d'Mia, d'Nopeschmeedchen ze goen. Dat ass eng Stäerkt. Gutt mat klenge Kanner eenszeginn weist jo, dass ech de Kontakt mat Leit net ganz opginn hat.

„Mam Mia senger Mamm verstinn ech mech och gutt", hat ech gesot. „An si … also d'Marielle versteet sech gutt mat mir."

Si woussten, dass d'Madamm Dorbach d'Signalement gemaach hat. Dofir muss ee sech nämlech géigesäiteg vertrauen a beim Marielle a mir war dat de Fall. Eng aner Stäerkt war mer an deem Moment net agefall. Iwwert déi Saach mam Hannergedanken am Zesummenhang mat de Spillnomëtteger wollt ech nach näischt soen. Datt ech gär mam Mia an och scho virdru mam Chloé mat hire Poppe gespillt hunn, wann ech bei hinne war, hat nämlech heiansdo eppes mat mengem Hannergedanken ze dinn. Et huet näischt presséiert an ech wousst, dass ech hei eng Kéier doriwwer schwätze misst, well dat mech laang net a Rou gelooss huet. Hannergedanke kënnen déckkäppeg sinn. Si sinn och meeschtens no méi däischter a vill méi hannerlëschteg wéi einfach Gedanken, well da kënne si sech besser hannert den Haaptgedanke verstoppen.

Ech hunn net richteg nogelauschtert, wat se menger Mamm no erkläert hunn, well ech mech am Zëmmer ëmgekuckt hunn. Et gëtt nämlech Raim, déi sech zesummenzéien an et gëtt der, déi sech auserneenzéien. Et war mer vun Ufank u kloer, dass ech mech net nëmmen an dësem Raum wuelfille misst, mee hie misst och mat mir eens ginn. Dat ass och eng Saach vu Vertrauen.

Eng vun den Damme sot: „Mir si ganz zouversiichtlech."

Déi aner hat mech esou léif bekuckt, wéi een e Puppelche kuckt, wann een en aus der Kutsch hieft.

Meng Mamm war erliichtert, wéi se gewuer gi war, datt déi nächst Gespréicher eenzel gefouert géife ginn. „Separat", huet et geheescht. Bei mir zou hätt se ganz bestëmmt Angscht gehat ze schwätzen. Ech mengen, si wär ze vill genéiert gewiescht. Mat hir war et déi lescht Joer schwéier, e richteg éierlecht Gespréich ze féieren. Ech hu mer gewënscht, d'Madamm Welfring géif déi richteg Wierder bei hir fannen an d'Madamm Wallmer déi richteg bei mir, fir eis un d'Schwätzen ze kréien. Et ass jo hire Beruff nozelauschteren an déi richteg Wierder ze fanne bei Leit, déi hir eegen nach siche mussen oder net gläich fanne wëllen an dofir vill Pause musse maachen, bewosster oder onbewosster. Bei Leit wéi menger Mamm a mir.

Déi nächste Kéier war d'Madamm Welfring mat menger Mamm an en Zëmmer, lénks vum Gank aus gesinn, gaangen, an d'Therapeutin war mat mir nees an dëst Zëmmer gaangen, dat vun deem Dag u mäin Therapiezëmmer ginn ass. Ech war frou doriwwer, well mer eis jo lo grad eréischt kenne geléiert haten.

Si huet sech nach eng Kéier virgestallt – Françoise Wallmer – an ech mech och – Connie Mischels. Si war mer gläich sympathesch. Et geschitt bal ni, datt ech e Mënsch gläich a mäin Häerz schléissen. Mäin Häerz ass do ganz kriddeleg. Dat huet mat mengem Mësstraue géigeniwwer de Leit ze dinn. Bei hir war dat ganz anescht. D'Sympathie ass wéi eng Blumm oder eng Planz. Meng Sympathie fir d'Madamm Wallmer huet net brauchen ze wuessen. Si war mer gläich wéi e schéine Bucki Blumme virkomm, deen een nëmmen op ganz besonneschen Deeg geschenkt kritt.

6

Elo, wou ech wärend enger Paus duerch d'Zëmmer trëppelen, well ech ze laang souz, fält mäi Bléck op e Plüschdéier, dat säi Käppchen aus engem grousse stréie Kuerf, an deem nach vill aner Stoffdéiere leien, streckt. Et ass e Kaweechelchen.

D'Madamm Wallmer kann net wëssen, datt d'Mia e Kaweechelchen als Liblingspetzi huet, den Hoppsi. Si hat dat Stoffdéier also net mat Absicht dora geluecht oder mat engem Hannergedanken dra verstoppt. Et läit reng zoufälleg do. Wann et den Zoufall gëtt, misst et e jo och an der Welt vun de Petzie ginn. Wat hätt der Madamm Wallmer hir Absicht këne gewiescht sinn? Hätten dann net all déi Plüschdéieren an deem Kuerf e gewëssenen therapeuteschen Zweck erfëlle missen? Déi wäre jo an deem Fall zimmlech vill beschäftegt.

Dem Mia säi Kaweechelchen ass méi grouss wéi dat, dat hei läit, an huet och méi e flauschege Schwanz.

– Dem Mia säin heescht Hoppsi. Wéi heescht dat doten?
– Dat do huet nach keen Numm.
– Huet nach keen him ee virdru ginn? Petzien hu gär Nimm.
– Dach. Awer du muss him en eegenen Numm eraussichen.
– O mei!
– Du kanns der jo nach een iwwerleeën.
– Ech wëll net gläich engem frieme Plüschdéier en Numm ginn. Muss ech et net fir d'éischt emol kenne léieren?
– Soss kanns de net mat him schwätzen? … Petzien hunn also Preferenzen, wat hiren Numm ugeet?
– Wann him den Numm net gefält, huet en all Ursaach, op eng plüsche Manéier beleidegt ze ginn.
– Du kenns dech awer gutt aus mat Petzien.
– Plüschdéiere si sensibel Wiesen. Dat weess ech wéinst dem Hoppsi. Hien huet dacks déi selwecht Gefiller wéi d'Mia. Ass hatt

rosen, ass hien et och. Ass hie frou, ass hatt et och. Dofir war en traureg iwwert dem Mia säin Accident.

– Wéi hues du dat gemierkt?

– Ech ka mer denken, wéi e sech gefillt huet … Wéinst där ganzer Opreegung hat ech leider vergiess, en aus dem Getraisch opzerafen. Dem Mia seng Mamm hat méi spéit un hie geduecht.

Wéini genee, dat kann nëmmen d'Marielle wëssen, mengen ech. Ganz bestëmmt hat et en awer wäsche missen, wéi d'Mia an der Klinick war. Et konnt him jo kee knaschtege Petzi mathuelen. D'Mia hat mer en ze riche ginn, wéi et nees doheem war. Sou gutt huet e soss net gericht.

Ech muss der Rei no erziele a versichen, näischt ewechzeloossen, soss geroden ech duercherneen. Wéi ech eng Kéier matgelauschtert hat, wéi den Här Dorbach dem Mia eng Geschicht virgelies hat, sot d'Mia zu him: „Pappa! Du hues eppes ausgelooss." Do hunn ech geduecht, datt et de Kanner opfält, wann an enger Geschicht eppes Wichteges iwwerspronge gëtt. Et fält net nëmmen de Kanner op, wann een eppes iwwersprängt. Et soll een ni eppes Wichteges ewechloossen. Awer och näischt Onwichteges. Net an enger Geschicht an net am Liewen, wéinst dem Zesummenhang. Och meng Spiralen hunn net dierfen ënnerbrach ginn. Wann eppes feelt, fält ee gär an e Lach. Eppes, wat fir deen een onwichteg ass, ka fir deen anere wichteg sinn. Dat ass och ëmgedréint de Fall. Ech ka mech net méi genee un déi Zäit erënneren, wou mäi Papp mir virgelies huet. Sou eng Virlieszäit gouf et mol. Et muss och eng Kéier eng schéin Zäit tëschent mir an him gi sinn. Dat ass scho laang hier. Ech mengen, ech hunn och gemeckert, wann hien eppes an engem Buch iwwerspronge hat.

– Weis de mech an deng Gedanken an?

– Watgelift?

– Du hues lo laang nogeduecht.

– Ech weess, ech däerf näischt iwwersprangen.

– Dach, dat däerfs de.
– Vläicht zeechnen ech den Hoppsi déi nächste Kéier.
– Wéi s de wëlls.
– Elo fält et mer schwéier.
– Wat hënnert dech dann drun?
– Well ech ze vill un d'Accident erënnert ginn.

Den Hoppsi misst an der Wierklechkeet, also a sengem richtege Plüschliewen, an der Wiss sëtzen. Do muss hien nämlech ëmmer sëtzen, wann d'Mia klunscht. D'Mia däerf en net mat op d'Klunsch huelen. Dat huet säi Papp him ëmmer mol misse widderhuelen. Och mir, fir mech drun z'erënneren, dass ech mat oppasse soll.

– De Moment sinn ech frou, datt ech scho mol d'Klunsch mam Mia drop färdegbruecht hunn.
– Wéini war d'Accident dann?
– An der grousser Vakanz.
– Zënterhier ass schonn eng gutt Zäit vergaangen.
– Fir mäi Kapp net.

Ech muss lues mat menge Gedanken ëmgoen. Wann se ze séier denke mussen, fanne verschiddener vun hinnen déi richteg Wierder net. Si siche wéi geckeg, fanne s'awer net gläich, an doduerch kënnen nees neier norëtschen. Déi geroden dann all an e Stau, well déi virdrun träntelen.

– Ech kréien net alles gläich esou ausgedréckt, wéi ech et gär géif ausdrécken.
– Du fënns hei schonn déi richteg Wierder. Denk un de Schlëssel, Connie!

Wann si mech um Schluss vun engem Saz mam Virnumm nennt, ass dat, wat se virdru gesot huet, besonnesch wichteg. Ech héiere mäi Virnumm nees gären.

Ech hat mer e Kannerbuch aus dem Bicherschaf matgeholl, fir et um Heemwee am Bus ze liesen. Et ass eng Geschicht vun engem klenge Meedchen, dem Ayala, dat sech an eng plüsche Maus verwandelt. Nëmmen esou kann et sech viru senge strengen Eltere verstoppen. D'Eltere verjoen d'Maus ëmmer, wann s'an d'Wunneng luusse kënnt. D'Maus kritt no enger Zäit Klenger. D'Eltere verlaangere vill no hirem Meedchen an den Enkelkanner a lackele se mat Kéis. Si wëlle se sou gär erëmgesinn. Hiert Mausmeedchen, d'Suryala, stellt hinnen eng Bedingung. Wann si hatt a seng Kanner nach jeemools wëlten erëmgesinn, misste si sech komplett änneren. D'Eltere sinn averstanen a verspriechen och sech z'änneren. No kuerzer Zäit ginn s'ëmmer méi kleng, hir Haut gëtt zu Stoff, hir Hänn a Féiss ginn zu klenge Patten, si verwandele sech lues a lues a Plüschmais. Souguer hir Zännercher an hir kleng Kralle sinn aus Plüsch. Vun do u lieft d'ganz Famill zesummen an enger grousser Spillwunneng. A wann se net an hir fréier Welt hannescht gaange sinn, da sinn se nach haut all aus Plüsch.

7

Mir sëtzen am Bus. Ech fuere mat menger Mamm heem. D'Büroen an d'Therapiezëmmere vun der *Association luxembourgeoise pour enfants et adolescents en détresse* sinn zu Leideleng. Sou steet et um Schëld ënnert der Schell, an „ALEAD" a Klameren hannendrun. Meng Mamm hat, ier mer de Mëtteg dohi gefuer waren, gesot, et géif hir lescht Seance. Wéi mer awer d'Büroe verlooss haten, hunn ech héieren, wéi d'Madamm Welfring hir am Gank virgeschloen huet, nach weider Rendez-vousen drunzehänken. Meng Mamm hat gesot, si géif sech et nach iwwerleeën an hir dann uruffen. An deem Fall muss ech kucken, fir zu anere Stonne wéi meng Mamm dohin ze goen. Ech hu léiwer, meng Mamm wielt dann aner Zäiten. Mir musse jo net onbedéngt nach weider zesumme mam Bus fueren. Ech sinn da méi selbststänneg a jidderee ka sech säi Rendez-vous huelen. Mat mir hate se méi Seancen ofgemaach wéi mat hir. Ech brauch der och méi. Ech hu wärend deene puer Kéieren, déi ech bis elo do war, mol nach net d'Hallschent vun deem erzielt, wat ech z'erzielen hunn. Eemol an der Woch ginn ech dohin, dënschdes. Um zwanzeg Minutte vir véier dohin an um zéng op fënnef nees zréck. Eng Stonn dauert e Gespréich. Et kann och mol manner laang daueren, awer ni méi, fir de Bus net ze verpassen.

Et gëtt mech scho wonner, dass meng Mamm behaapte konnt, et géif hir lescht Seance ginn. Firwat konnt si dat Gefill iwwerhaapt hunn? Ech mengen, dass dat, wat déi lescht Zäit geschitt ass, jo net spuerlos laanscht eis gaangen ass. Dovun hu mer allen zwee vill z'erzielen. Ech vläicht méi wéi si. Meng Mamm an ech haten déi lescht Méint keng einfach Zäit. Ech sinn iwwerzeegt, si huet iwwert dat, wat hir um Häerz louch a si beschäftegt huet, geschwat. Zum Beispill iwwert deen Owend, wou si gewuer ginn ass, wat mäi Papp gemaach huet. Wéi se meng Hoer gesinn huet.

Wéi si sech bei d'Noperen opreege war. Wéi si och huet missen aussoe goen. Wéi dernieft si sech duerno bei mir a beim Marielle beholl huet. No eisen Auditioune war alles tëschent eis nach méi komplizéiert ginn, wéi et scho war. Mir hunn eis duerno d'Liewe géigesäiteg schwéier gemaach. Ob si sech bei der Madamm Welfring ganz ausgeschwat huet a sech vun hirer Belaaschtung befreie konnt, weess ech net. Ech mengen nëmmen, dass hir wéineg Seancen net duergoe konnten, fir alles z'erzielen a scho guer net fir sech duerno ganz fräi ze spieren.

Ech kéint se froen, wat si der Sozialpädagogin bis elo gesot huet, awer ech gesinn hir of, dass si no hirem Gespréich keng Loscht méi huet, nach ze schwätzen. Scho guer net am Bus. Ech kann dat verstoen. Mir geet et genee sou. Wann ech ganz éierlech sinn, géif et mech awer schonn interesséieren, wéi meng Mamm dat alles, wat geschitt war, gesäit. Mee si freet mech jo och net, wat ech menger Psychotherapeutin erzielen. Esou soe mer allen zwee einfach näischt.

Meng Mamm dréint hiert Gesiicht vun der Fënster ewech a bekuckt mech. An ech bekucke si. Wann ee Froen zeechne kéint, da wären eis Blécker e Gewulls aus Punkten a Kréngelen. Mir hunn eis dacks esou bekuckt. Ech hunn hir Kréngelen a Punkten net entziffert kritt a si meng net. Dohier kënnt och meng fréier Liblingsbeschäftegung. Mäi Spiralenzeechne war eng richteg Sucht ginn. Fir net aus der Bunn ze geroden, hunn ech misse versichen, de Stëft esou laang wéi méiglech net vum Blat ze hiewen. Spiralen um Pabeier aplaz Froen aus mengem Mond. Mee domadder ass et elo eriwwer. A menger Ouninummzäit, wann de Bus um Schoulwee kuerz virum Gebai an de Rondpoint gefuer ass, hunn ech mer gewënscht, e géif ëmmer am Krees dréinen, ech kéint sëtze bleiwen, ni bräicht ech erauszeklammen, ech wär a Sécherheet, och wann et mer schwindeleg géif, an de Chauffeur géif oppassen, datt säi Bus schéi brav am Krees ronderëm dréint.

Elo, wéi ech am Bus sëtzen, hunn ech d'Gefill, ech hätt virdrun eppes vergiess ze soen. Ech weess, datt ech muss léieren, gewësse Wierder zouzeloossen, soss bleiwe meng Gedanke gefaangen. Ech wëll net, dass eppes ganz verluer geet oder dass eppes ganz verschwënnt. Ech muss meng Gefiller zouloossen. D'Madamm Wallmer hat de Mëtteg gesot, mat de Gefiller wär et wéi bei de Blummen an de Planzen. Wann ee sech net ëm si këmmert, da verwielege se. Si sot, si géif mer beim Nätzen hëllefen. Mäi Vertrauen a mech däerf net verdréchnen.

Am Bus maache se Reklamm fir de Kanner-Jugendtelefon. Op enger Affiche steet: *Mir lauschteren no. Mir hëllefen.* Ech si frou, datt déi Affiche do hänkt. Et sëtzen e puer Kanner am Bus. Gesäit een de Kanner, deenen dat Selwecht geschitt ass wéi mir, dat am Gesiicht of? An hiren Aen? Un hirem Behuelen? Ech mengen net. Ech misst se ganz einfach froen: Heeschs du och Ouninumm? ... Ech hat mäi richtege Virnumm jo verluer. Zwee Joer laang war ech net d'Connie, mee d'Ouninumm ... „Waart net ze laang", géif ech hinne gär soen, „wann der Hëllef braucht." Ech hat laang gewaart. Ze laang. „Frot Hëllef! Fäert net! Et gesäit een iech net of, ob der Hëllef braucht. Schwätzt!" – Bei mir huet kee gemierkt, dass ech Hëllef gebraucht hunn. Keen huet mer dat ofgesinn. Et huet jo keen a mäin Häerz gesinn. Ech hunn och keen a mäin Häerz kucke gelooss, zënter et mer bewosst gouf, wat geschitt war. Dat war eng laang Zäit op enger däischterer Plaz a mengem Kapp vergruewen. A mäin Häerz huet gelidden. Et war wéi beim Verstoppches, wann een net méi aus senger Stopp erauskënnt, well een net wëll fonnt ginn. „Ouninumm, wou bass de?" „Néierens."

Ech weess, datt d'Madamm Wallmer mer hëlleft, meng Stopp ze verloossen. An da läit et u mir, wéi ech dobaussen eens ginn.

Ech kucken déi aner Leit am Bus, si gesinn all sou traureg oder midd aus, an ech froe mech, ob si grad souvill Suergen hu wéi meng Mamm an ech. Wann ech fréndlech op d'Leit kucken, spiere se dat. Si bekucke mech dann erféiert zréck. Dobäi wollt ech hinne keng Angscht maachen, mee nëmmen hir Reaktioun testen, wéi mäi frëndleche Bléck bei hinnen ukënnt. Ech maachen déi Tester lo net méi, well d'Leit mech falsch verstinn. Ech kann si awer lo net granzeg bekucken.

Ech kucken eraus. Et ass däischter an et reent. E puer Autoen iwwerhuelen de Bus, och do, wou et verbueden ass. D'Chauffere wëlle keng Zäit verléieren. D'Iwwerhuelen notzt hinnen awer näischt. Dofir verléiere se hir Gedold.

Meng Gedanke kommen net zur Rou, obwuel mer lo bei enger Rouder Luucht stinn. Ech muss un déi blo Molstëfter, déi hellblo a giel Pabeiersbléck an déi brong Kaweechelcher denken. A scho kréie meng Gedanken nees Faarwen. Dat ass e gudden Training. Soss kënnt mer alles ze dréif vir.

Déi Rout Luucht gëtt elo gréng.

Ech kucke meng Mamm vun der Säit, hire Kapp wackelt hin an hier, hire Bléck ass no baussen an dat gro-schwaarzt Ronderëm geriicht, hir Gedanke sträifen och sécher déi gro Lutepoteauen, déi naass Beem, déi donkel Haiser. Ech wär wierklech frou fir si, wann hir puer Seancë gutt verlaf wären an d'Schwätzen hir e bëssche Luucht verschaaft hätt.

Mir fält elo dee Saz an, deen d'Madamm Wallmer mer de Mëtteg gesot hat: „Wann eng Erënnerung aus der Däischtert erauswëll, muss d'Sprooch hir Luucht verschafen." Ech hu mer e gutt verhalen. Wann ech doheem sinn, kënnt en a mäin Heft mat de besonnesche Sätz an de besonnesche Wierder stoen.

Deemno vu wou eng Luucht vu baussen an de Bus fält, gesinn ech mäi Spigelbild an der Fënster. Dat Meedchen um Glas spillt lo mat mir, heiansdo verschwënnt et, dann ass et nees do. D'Reendrëpsen, déi baussen eroflafen, verzéie mäi Gesiicht. Ech muss d'Positioun vum Kapp änneren, fir mäin Doubel besser ze gesinn. Ech rëselen de Kapp, ech wëll mech net méi gesinn, dat erënnert mech un e richtege Spigel an ech muss u meng laang Hoer denken. Mäi Kapprësele spiert sech ganz aneschters u wéi soss, well d'Hoer méi kuerz sinn. Si sinn awer scho gutt gewuess. Elo kucken d'Leit am Bus op mech. Si wäerte sech froen, wéinst wiem oder wéinst wat ech de Kapp esou rëselen.

8

Ech mengen, datt e Mënsch eng Erënnerung ni ganz lassgëtt. Wann een nämlech mengt, si wär fort, ass se schonn nees do. Si kënnt ouni sech unzemellen. Si freet net, ob se däerf oder net. Et gëtt lues a séier Erënnerungen. Si hu keng Stëmm an awer melle si sech zu Wuert. Et gëtt der, déi sech freeën, et gëtt der, déi gi rosen, et gëtt der, déi nëmme pësperen, anerer jäize sou haart, dass et wéideet. All spille se gäre Verstoppches. Et gëtt der, déi kommen eraus, och wa keen s'entdeckt hat. Verschiddener komme fir d'éischt just e bësse luussen, ier se sech ganz weise kommen. Et gëtt der och, déi wëlle fir ëmmer an hirer Stopp bleiwen. Béis Erënnerunge kënnen awer aus hirer Stopp kommen, wann ee mengt, et hätt ee se komplett vergiess. Meng schlëmm Erënnerung hat sech eng Kéier getraut, hir Stopp ze verloossen. Dofir brauch se hei am Therapiezëmmer net méi ze fäerten.

D'Madamm Wallmer klasséiert all meng Blieder, op déi ech eppes molen oder zeechnen. Scho ganz am Ufank hat se mer gesot, si géif alles versuergen. Meng Mamm gehäit villes ewech. Souveniren, Bicher, Biller, kleng Vasen, Fotoen. Eng Kéier, wéi se, wéi si sot, „ale Kräppeng" ewechgehäit hat, huet se gemengt, da wär och endlech d'Erënnerung dru fort. Si hätt mer net gegleeft, wann ech hir gesot hätt, si kéint sou vill ewechgeheie wéi se wëll, hire Kapp géif trotzdeem all Erënnerung versuergen.

Déi wäiss Blieder an d'Faarfstëfter leien ëmmer prett. D'Madamm Wallmer ass frou, wann ech no engem wäisse Blat gräifen. Ech spieren dat an hirem Bléck. Hir Ae sinn dann opgerappt, wéi wann s'an eng Virwëtztut kucke géif. Awer net ëmmer zeechnen ech eppes. Si weist mer dann awer net, datt s'enttäuscht ass. Ech muss jo net ëmmer zeechnen. Ech si keng Artistin a kommen hei net an en Zeechecours. Si wëll, datt ech schwätzen.

D'Schwätzen ass mer laang schwéiergefall. Ech hu vill Wierder einfach nëmmen am Kapp versuergt. Eran domat an den Deckel drop. Wann et ze vill Wierder gi sinn, ass de bannenzegen Drock ze staark ginn. Ech misst mäi Kapp heiansdo sou auspresse kënne wéi eng Pampelmuss oder eng Orange. Et ass heiansdo vill Gewulls a mengem Kapp. Bannendra muss et wéi an enger Kartrongskëscht mat geschreddertem Pakpabeier ausgesinn.
– A mengem Kapp ass e groussen Duercherneen. Ech hoffen, datt ech mech hei vun deem Gewulls befreit kréien.
– A wéi mengs de, dass der dat kéint geléngen?
– Ech muss nees Vertrauen a mech kréien.
– Du hues den Androck, deng Gefillswelt ass chaotesch. Wann s du nees un dech gleefs, kriss d'och nees méi Vertrauen an dech. An da kriss d'och am Kapp alles besser gesënnert.

Wéi kënnt si op dat Wuert *sënneren*? Komesch, datt ech elo en Zesummenhang tëschent menger Wull am Kapp a Sënnere vun Offall gemaach hunn. Ech muss doriwwer laachen.
– Firwat laachs de?
– Well ech un Offall hu missen denken.
– Sou hat ech et net gemengt.
– Ech weess.
– Ech wëll soen, et gëtt gutt a schlecht Gedanken. Du sols probéieren, méi där gudder zouloossen, soss belaaschten déi schlecht dech ze vill.
– Ech hunn awer net souvill där gudder.

D'Therapeutin weist mat der Hand op zwee kleng Kéip Blieder, déi op hirem Schreifdësch leien. Déi eng sinn hellblo, déi aner blatzeggiel.
– Du kanns zu all Moment deng positiv oder negativ Gedanken opschreiwen. Déi eng hei, déi aner do.

Lo ass s'awer nees beim Sënnere gelant. Ech fannen dat als Iddi witzeg. Blieder mat zwou verschidde Faarwe fir verschidde Gedanken.

– Dat hëlleft der s'auserneenzehalen. Dech besser z'orientéieren … fir méi Kloerheet.
– Ech menge wierklech, dass d'Gedanke verschidde Faarwen hunn. Wann s'all déi selwecht Faarf hätten, da wäre se jo all gläich. Déi Positiv musse sech vun den Negativen ënnerscheeden.
– A wéi mierks du dat?
– Ech spieren et. Tëschent gudden a schlechte Gedanke muss de Kapp dach e Faarfënnerscheed mierken. Ech jiddwerfalls fillen en.
– Dann hunn deng Gedanken en Afloss op deng Gefiller. An déi ginn da bei dir och faarweg.
– Déi Schwaarz sinn déi Schlëmmst.

Op enger Pinnwand hannert dem Schreifdësch peche Postiten. Firwat sinn déi all nëmme giel?, froen ech mech. Ass dat, wat d'Madamm Wallmer drop notéiert, positiv oder negativ? Wéi kritt si verschidde vun hire Gedanke schrëftlech vunenee getrennt?
– Wësst Der och, wat fir eng Faarf en Hannergedanken huet?
– Wéi mengs de dat?
– Just eng Fro.
– Du hues jo lo grad gesot. Dat hänkt dovun of, ob e positiv oder negativ ass.
– Kann en Hannergedanken net och positiv an negativ sinn?
– Dat verstinn ech net.
– Positiv fir déi eng an negativ fir déi aner?

D'Madamm Wallmer bekuckt mech mat groussen Aen. Si weess, dass ech heiansdo a Rätsele schwätzen. Ech kréie meng Gedanken a meng Gefiller net kloer genuch ausgedréckt. Nëmmen ech verstinn, wat ech gemengt hunn. Wärend eisen Nomëtteger zum Beispill, wa mer mat de Poppe gespillt hunn, war déi Saach mam Hoerbändche mat engem Hannergedanke verbonnen. D'Mia hat dat negativ opgeholl. Och mam Chloé hat ech dowéinst e bëssche Sträit kritt. Op mech sollt et positiv wierken. Fir de Knuet a mer ze léisen. Et ass scho fir déi Erwuesse schwéier, eppes richteg ze verstoen, wat net riichteraus gesot gëtt. Fir kleng Kanner ass et nach méi schwéier. Wéi kënne Kanner verstoen, wéi eppes gemengt ass, wann ee sech fir si net kloer ausdréckt?

Meng Blécker gi spadséieren. Ech hunn eng Paus néideg. Um Plaffong ass e klenge Rëss. Eng Zëmmerplanz huet e verwielegt Blat. Um Buedem läit eng Büroklamer. En Zëmmer brauch och kleng Detailer, déi aus der Rei danzen, fir sech ofzelenken, denken ech mer. Am anere Fall géif e sech ze vill langweilen. Vläicht gëtt et en Zesummenhang tëschent enger Büroklamer, engem Rëss an engem Blat, deen nëmmen dëst Zëmmer sech zesummereime kann.

No e puer Minutte reecht d'Madamm Wallmer mer nees d'Blat, op dat ech d'Mia op der Klunsch gezeechent hat. D'Mia aus bloe Rondelen a bloe Strécher. Ech huelen eng hellbrong Faarf an zeechnen dem Mia elo kleng Strécher, déi op zwou Säite vum ieweschte Rondel ewechstinn. Dat ginn dem Mia seng hellbrong Witzercher. Esou gesäit d'Mia scho vill méi echt aus.

Ech hale wéinst deem komesche Gedanke kuerz den Otem un.
– Eng Figur gesäit gläich méi echt aus, wann een hir Hoer zeechent.
– Wat ass dann un den Hoer sou besonnesch, dass se da méi echt ausgesäit?

Déi Fro iwwerraascht mech. Wéi ech mer se geschnidden hat, wollt ech net méi echt ausgesinn, ech wollt selwer méi echt ginn. Dat ass e groussen Ënnerscheed.
– Dat mécht se méi natierlech ... D'Mia ass esou och méi natierlech. Hatt huet hellbrong Hoer. A mat senge Witzercher gesäit et witzeg aus ... Witzeg Witzercher ... Déi passe gutt bei et.

Ech kucken d'Bild. Am klenge Rondel feelen nach d'Aen. Ech molen zwee kleng Punkten an e Smileymond an dee klenge Rondel.

– Ech hu gär, wann d'Mia laacht. Et hat op eemol opgehale mat Laachen.

Ech pëtzen d'Aen zou. De Gedanken un déi Situatioun am Gaart verschwënnt net. Ech mengen dacks, wann ech näischt géif gesinn, hätte meng Gedanken net genuch Luucht a géifen ausgoen. Heiansdo geléngt et mer, datt déi schlëmmste vun hinne sech dann an e ganz däischteren Eck vum Kapp verkrauchen, well se sech schummen. Awer dat klappt net ëmmer. Ech rappen d'Aen nees op a scho sinn d'Gedanken nees do. Ech muss kuerz mat den Ae blënzelen.

– Du hues dech elo un eppes erënnert.
– Un d'Klunsch an d'Accident ... den Zesummenhang.
– Schonn nees en Zesummenhang.
– Jo.
– Wat fir een?
– Deen traurege Zesummenhang tëschent mir, dem Mia an dem Hoppsi.

Ech muss eng Paus maachen. Elo kënnt dee bannenzege Kaméidi nach derbäi. Ech héieren d'Sireen. Si wëllt mer net aus dem Kapp goen. Ech muss s'ausschalten. Ech pëtzen d'Aen zou. Et klappt.

– Et war net meng Schold. Ech hat mech beim Här Dorbach entschëllegt.
– Dat ass dem Mia säi Papp?
– Jo.

Ech huelen d'Bild mam Mia drop. Ech hunn den Androck, déi zwee kleng Punkte wuessen op eemol zu grousse Smileyaen.

– Ech muss d'Mia an d'Ae kucken. Dann erënneren ech mech besser.
– Mir hunn Zäit.

Ech muss laachen.

– Firwat laachs de?
– Well Der gesot hutt, mir hunn Zäit ... Kënne mir d'Zäit dann iwwerhaapt *hunn*?

– D'Zäit gehéiert kengem.
– Kann d'Zäit da meng Wonnen heelen?
– Si gi mat der Zäit vläicht méi kleng. Du léiers, domadder ëmzegoen.
– Mat menge Wonnen?
– Sief net ze vill presséiert.
– D'Zäit ass ni presséiert. Dofir kann se sou gutt waarden.

D'Madamm Wallmer kuckt op d'Auer. Dat mécht se bal ni. Bei hir tickt eng bannenzeg Auer.
– Sou! An elo ass Zäit.
– Si ass eis fortgelaf.

Si brécht eist Gespréich of. Et ass lo wierklech Zäit, fir Schluss ze maachen. Ech maachen ni gär Schluss. Eis Seance ass awer eriwwer. Ech raumen d'Faarwen. Déi Zäit huelen ech mer nach.

9

Et ass Mëtt August, e waarme Summermëtteg. D'Marielle huet Vakanz, den Yves huet nach Congé, ier e seng nei Plaz untrëtt. D'Mia ass am Gaart an et klunscht. Seng Eltere gënne sech eng Paus. Si sëtzen op der Terrass, drénke Kaffi a kucken dem Mia op der Klunsch no. D'Marielle mécht eng Lëscht mat Nimm vu Gaardeplanzen a Gaardeblummen, mat deenen et nach d'Terrakottadëppe fëlle wëllt, déi op der Terrass stinn. Déi Blummen, déi drastinn, si verdiert. D'Mignys haten d'Dëppen do gelooss, an hirem Appartement zu Paräis hätte se kee Gebrauch dofir gehat. Déi säitlech Buedemsträifen am Gaart misste frësch gemulcht, d'Wiss geméint an déi schappeg Lavendelstäck ersat ginn.

Den Yves geet erof an de Gaart. Bei enger éischter Inspektioun vum Gaart war him schonn dat Lach am droten Zonk opgefall.

Wéi d'Mia säi Papp gesäit, freet et, ob hien et drécke kéim. Den Yves geet bei d'Klunsch an hëlt him den Hoppsi aus der rietser Hand, mat där et de Petzi a gläichzäiteg d'Seel festgehalen huet. E gëtt sengem Meedchen e gudde Schwong an da setzt en d'Kaweechelchen an d'Wiss niewent d'Klunsch.

„Setz den Hoppsi ëmmer an d'Wiss, wann s de klunschs", seet den Yves. „Dat hei war dem Chloé seng Klunsch."

„Wien ass dat?"

„Du weess dach. Dat Meedchen, dat hei gewunnt huet. Seng Eltere sinn op Paräis geplënnert. Mir hunn d'Haus vun hinnen ofkaaft, mir kenne se gutt."

„Huet d'Chloé och eng Klunsch zu Paräis?"

„Si mussen dat richtegt Haus fanne mat engem Gaart. De Moment wunne se nach an engem Appartement."

Den Yves geet bei d'Spléck am Zonk, erféiert kuerz, e Meederchersgesiicht luusst op eemol tëschent dem Getraisch erduerch.

„Moien", seet d'Connie.

„Moien", äntwert den Yves.

D'Mia gesäit d'Meedchen och elo a spréngt freedeg vun der Klunsch erof. Neen, wat eng Iwwerraschung. Et hëlt säin Hoppsi a geet bei den Drot.

D'Connie hat schonn eng Zäitche vu senger Kummerfënster aus um éischte Stack erof an de Gaart gekuckt. Et war iwwerglécklech. Do klunscht nees e Meedchen am Nopeschgaart. En Nopeschmeedchen, bei dat et vläicht nees spille goe kann. Et hat et schonn e puermol gesinn, virum Haus um Trottoir, an der Garagenafaart, wann et mat enger Tut a mat sengem Plüschdéier am Grapp aus dem Auto geklommen ass, awer nach ni am Gaart. Vläicht war et scho mol am Gaart, awer d'Connie hat et dann net gesinn. Et konnt et net erwaarden, dat Meedche kennen ze léieren. D'Mia. Den Numm war eemol gefall wéi seng Mamm et aus dem Auto an d'Garage erageruff hat.

„Ech sinn d'Mia." D'Mia weist op d'Kaweechelchen am Grapp.

„An dat ass den Hoppsi."

„Ech sinn d'Connie. Du wunns lo hei?"

„Nach net laang."

„Ech weess."

„Mir si geplënnert. Mir hunn am Éislek gewunnt", seet d'Mia.

„Ech hunn dat Meedche gutt kannt, dat virdrun hei gewunnt huet", seet d'Connie.

„D'Chloé?"

„Du kenns et?"

„Et huet hei gewunnt, seet mäi Papp."

„Si sinn op Paräis geplënnert. Den Här Migny schafft elo do."

„Dem Chloé säi Papp", seet den Här Dorbach.

„Jo", seet d'Connie. „Hien huet dem Chloé d'Klunsch opgeriicht."

„Opriichte gelooss", präziséiert den Här Dorbach.

„Ech si vill bei hatt gaangen." D'Connie dréint säi Kapp op d'Säit an et seet: „Kënns de nees spionéieren?"

D'Mia dréint de Kapp no vir, soss gesäit et net, mat wiem d'Connie schwätzt. Bei den Drot kënnt lo nach e Bouf, mat deem kee gerechent huet. D'Connie scho guer net.

„Mäi Brudder", seet d'Connie. „Deen nervt. Och wann ech bei d'Chloé gaange sinn, ass en ëmmer rose ginn. Ze blöd, sech e Kolleeg ze sichen. Héiers de! Géi an de Schoulhaff spillen! Do fënns de bestëmmt e Kolleeg."

D'Mia gesäit de Bouf net richteg. En ass méi kleng wéi seng Schwëster. T-Shirt, kuerz Box.

„D'Mamm wëll net."

„Du muss hir jo näischt soen."

De Jong geet beleidegt fort. D'Connie dréint sech elo nees bei d'Mia. Den Här Dorbach lauschtert nëmmen hallef no, en inspizéiert d'Spléck am Zonk mat e puer kritesche a strenge Blécker.

„Wéi kënnt dat Lach dann hei dran?", freet en.

„Dat war ech", äntwert d'Connie. „Vum villen Eriwwergoen."

„A, du bass ëmmer duerch de Gaart bei d'Chloé gaangen?"

„Dat war praktesch."

D'Mia kuckt grouss: „Ëmmer?"

„Neen, net ëmmer, gell."

„Asou."

„Dann hunn ech menger Mamm net ëmmer misse Bescheed soen."

Den Här Dorbach mécht grouss Aen. En iwwerleet, wéi en déi Saach mam Drot héiflech forméléiere kann, ouni d'Meedchen ze vill widdert de Kapp ze stoussen.

D'Connie ass méi séier: „Ech däerf awer net méi."

„Asou! … Ech muss den Drot eng Kéier flécken. Ech wär net frou, wann s du …"

„Dat verstinn ech."

D'Mia kuckt traureg.

Den Yves ass erliichtert, datt en net huet misse de strenge Papp spillen, fir dem Meedche méi däitlech ze verstoen ze ginn, et dierft den Duerchgang net benotzen. Den Drot misst trotzdeem eng Kéier gefléckt ginn. „D'Geschier an d'Material leien am Keller, eng Klengegkeet", denkt den Yves. „E Stéck Drot, Zaang a Pëtzzaang ginn dofir duer."

„Meng Mamm wëllt net méi."

D'Mia schneit eng Schnuff a freet erféiert: „Dass du eriwwer këns?"

„Dach, awer net méi duerch de Gaart."

„Ufff." D'Mia ass erliichtert.

Den Yves och. Da presséiert dat Geflécks net, an hien ass frou, datt déi Saach lo virleefeg gekläert ginn ass. En hätt wierklech eppes dogéint, wann d'Connie einfach esou bei hinnen opdauche géif, ouni un der Dier mussen ze schellen, duerch d'Gäert, zu all Moment, och wann een net mat him rechent. Dann hätte se hir Rou net. Kee Mënsch géif wëllen, datt en Noper, eng Nopesch oder en Nopeschkand einfach esou, mir näischt dir näischt, onugemellt op eemol am Gaart oder op der Terrass opdaucht.

„Këns du och eng Kéier bei mech spillen?", freet d'Mia.

„Jo, wann s du wëlls", äntwert d'Connie.

„Däerf d'Connie bei mech spille kommen?", freet d'Mia säi Papp.

„Majo, gären."

Et gesäit een dem Mia an dem Connie d'Freed an hire Gesiichter of.

10

D'Madamm Wallmer huet witzeg Ouerréng un, butzeg Margréidercher mat klengen, grénge Blieder déi glënneren, wa se wackelen oder wa Lut drop fält. Hire ronne Brëll passt gutt bei hiert ronnt Gesiicht. Bei hir ass alles openeen ofgestëmmt. Och hir Kleeder. Ech bewonneren dat. Ech passe bei menge Kleeder net drop op, wat beienee passt a wat net. Si huet däischterbrong Hoer, déi si sech dacks hannert dat rietst Ouer stécht. Ëmmer hannert dat rietst. Dat ass esou eng Gewunnecht vun hir. Lénks léisst se d'Hoer laanscht d'Ouer bis erof op Héicht vum Kënn hänken. Si dréit eng Sëlwerkette mat enger eenzeger schwaarzer Pärel drun. Hir Bluse gesinn ëmmer wéi frësch gestreckt aus. Si ass net geschminkt. Ech wéilt, ech hätt sou e schéinen Teint wéi si. Mee vläicht kréien ech och nees Faarf an d'Gesiicht, wa meng däischter Gedanke verblatzen.

Si freet mech, wéi et mer déi lescht Woch gaangen ass. Ech soen hir et a kuerze Sätz. Et geschitt ni vill. Ech ginn an d'Schoul, streide mat mengem Brudder, langweile mech, kucken d'Lut aus, ech war mam Sandrine a mam Sonja shoppen an ech freeë mech op meng nächst Seance.

Ech muss d'Kaweechelchen awer haut erausfëschen. Dat léisst mer keng Rou. Ech kann net maachen, wéi wann et net do wär. Ech huelen et an de Grapp.

– Du kanns him haut en Numm ginn. Sou friem ass et jo net méi.

D'Madamm Wallmer huet e gudde Verhalt. Si erënnert sech ëmmer gutt un eis vireg Gespréicher.
– Mir fält keen Numm an.

Ech ka kee Kaweechelchen zeechnen. Wann ech et géif versichen, schummt et sech um Blat, well et sech net erëmerkennt. Ech sëtzen d'Kaweechelchen an d'Sandkaul.

– Ech mengen, ech nennen et Ouninumm.
– Dat ass dach kee richtegen Numm.
– Dofir grad.
– Vläicht fält der nach e Besseren an.
– Hmmm …
– An du mengs wierklech, dat wär e gudden Numm?
– Fir haut emol. Net fir ëmmer. Kee Mënsch soll fir ëmmer ouni Numm sinn. Och kee Petzi.
– Wat geschitt da mat engem Mënsch oder mat engem Petzi, wann dee keen Numm méi huet? Wat verléiert en dann? … Seng Perséinlechkeet?
– Méi wéi dat. Da gëtt et deen net méi.
– Ass et dech dann eng Kéier net méi ginn?
– Wéi ech bis wousst, wat geschitt war, wollt ech net méi d'Connie sinn.

Ech war wierklech net méi ech. Net méi d'Connie. Dat hat mech komplett op d'Kopp gehäit … Ech bécken de Kapp, pëtzen d'Aen e puer Sekonnen zou, ech wëll näischt méi soen, mee d'Madamm Wallmer léisst net labber.

– Wie wollts du da sinn?
– En anert.
– Wien?
– Ech wollt net méi ech sinn … Ech sinn d'Ouninumm ginn.

D'Madamm Wallmer kuckt mech sou verwonnert, wéi wann ech ee seelene Päiperlek wär.

– D'Ouninumm wollt alles vergiessen. Awer dat geet net ëmmer … Ech konnt net dofir, wat dem Mia geschitt war, ech war ofgelenkt.
– Du waars och beim Accident nach d'Ouninumm?
– Sou séier kritt ee säi richtegen Numm net erëm.

D'Madamm Wallmer mécht mer et schwéier, mat hire Froen. Si mécht mer et awer och nees liicht. Ech muss mech fir d'éischt vun där enger Laascht, déi mam Mia sengem Accident ze dinn huet, befreien. Eréischt duerno bréngen ech et fäerdeg, iwwert déi aner ze schwätzen. Déi war vill méi schwéier.

Ech huelen de Petzi aus der Sandkaul. Mär kucken eis an d'Aen.
– Du kanns mat him schwätzen. D'Mia schwätzt dach och sécher vill mam Hoppsi. Hatt erzielt him bestëmmt alles. Oder mengs de, du wäers ze al dofir?

Ech äntweren net op déi Fro. Ech muss eppes méi Wichteges lassginn.
– Wann d'Mia op der Klunsch sëtzt, dann däerf et den Hoppsi net am Grapp halen.
– Firwat?
– Da kann et sech net fest genuch mat der Hand um Seel upaken. Ech hätt him en ofhuele missen. Mir zwee haten net dru geduecht ... Ass et schlëmm, wann een eng Kéier eppes vergësst?
– Du waars jo net aleng. Du kanns der net fir alles d'Schold ginn. D'Mia hätt och drun denke kënnen.

Ech muss de Petzi lo déif an d'Ae kucken.
– Kanns du dann net wéinstens eemol d'Verantwortung iwwerhuelen?

Ech weess, dass d'Petzien onschëlleg sinn, well et Petzie sinn. Sou wéi d'Poppen onschëlleg sinn, well et Poppe sinn. Elo ass de Knuet geplatzt. Ech muss weiderfueren.
– Et war mer den Dag net opgefall, datt d'Mia den Hoppsi nach am Grapp hat.
– Wéi s du et geschaukelt hues?
– Wéi ech dem Mia seng Witzercher gesinn hunn, sinn ech ofgelenkt ginn ... vun där schlëmmer Erënnerung. An dofir hunn ech et net gemierkt ... konnt ech et net mierken.

D'Madamm Wallmer waart op eng Erklärung. Si tuppt mam Zeigefanger op hire Kënn. Wéi wa mir dat hëllefe kéint. Wann ech hir d'Ursaach soen, bräicht ech mech net souvill mat menge Scholdgefiller ze ploen. Ech gëtt eng Erklärung ... oder besser, eng Entschëllegung.

– Ech hunn en eeklegt Kribbelen am Bauch gespuert. Dat huet mech ofgelenkt.
– Kanns du dat Kribbele beschreiwen?
– Elo net méi sou gutt … Et war dat Ouninummkribbelen … Do hunn ech dem Mia nach e gudde Schwong ginn … an do …
Der Madamm Wallmer hire Fanger tuppt méi séier widdert de Kënn.
– An do?
– … flitt d'Mia am héije Bou an d'Wiss.
Ech geheien d'Kaweechelchen an d'Sandkaul a granzen et un, wéi wann et en ongezilltent Kand wär.
– Do häss de misse sëtzen oder an der Wiss.
Ech hunn d'Gefill, de Petzi motzt an ech misst en tréischten. Ech huelen hien aus der Sandkaul a rëselen him de Sand vum Kierper. Da kucken ech hien an d'Aen. Meng si ganz dréif. Ech gesinn en nëmme ganz verschwommen.
– Du konnts jo net dofir, Fluff. Et deet mer sou Leed.
– Lo huet e jo en Numm.
– Wéi d'Kaweechelchen am Mia sengem Kannerbuch.
– *Fluff* passt gutt. De Fluff hu mer iwwregens och hei. Et steet do am Bicherschaf.
Dat erféiert mech awer elo. Wëllt si, dass ech d'Buch eraushuelen? Et ass dem Mia säi Liblingsbuch. Ech hat et och ganz gär, awer ech hunn et net méi. Ech konnt a wollt et beim Mia ni kucken. All Säit hätt dach bei mir schéin Erënnerungen opschloe kënnen. Firwat wollt ech mer déi Freed net maachen? Ech wëll a kann et och elo nach net kucken. Vläicht huelen ech et awer eng Kéier eraus a liesen d'Geschicht nees. Ech muss mech dach och emol erëm freeë kënnen.

D'Madamm Wallmer reecht mer e Pabeiersnuesschnappech. Ech schnäize mech. Ech setzen de Fluff bei déi aner Déieren an de Petzizoo. Déi schéinge frou ze sinn, dass hire Kolleeg nees do ass an dass hien en Numm kritt huet, deen him gefält.

Ech soen der Madamm Wallmer an dem Fluff séier Äddi a lafen op de Bus.

11

Aus engem Nomëtteg ginn der méi. D'Connie schellt ëmmer un der Dier bei der Famill Dorbach a meeschtens geet d'Mia him opmaachen. Et ass frou, wann d'Connie kënnt. Mol gi s'an de Gaart, mol gi s'an d'Kummer, mol an d'Kichen eppes drénken oder eng Klengegkeet knabberen.

D'Marielle ass frou, datt d'Mia sech gutt mam Connie versteet. Hatt brauch sech keng Suergen ze maachen a kann d'Meedercher roueg aleng loossen.

D'Connie war paff, wéi et dem Mia seng Schlofkummer fir d'éischte Kéier gesinn hat. D'Mia huet eng Tapéit mat verschiddene Figuren, wéi dem Dorie, dem Nemo, dem Jessie, dem Andy an dem Buzz Lightyear. D'Connie war gläich iwwert déi säitlech Leeder erop op d'Etagëbett geklommen, wou e groussen Deel vum Mia senge plüschen Déiere leien. D'Mia hat him den Hoppsi, säi Liblingspetzi virgestallt. Et hat him d'Kollektioune mat de Spillfigure gewisen, de Bauerenhaff, d'Poppenhaus, d'Ambulanz an den Zauberbësch. Besonnesch houfreg war d'Mia, fir seng vill Poppe virzestellen. Et huet eng ganz Kollektioun Barbiepoppen awer och Babypoppen an de verschiddenste Kleeder, vu senger Boma geheekelte Juppen, Jacketten a Räckelcher, a vu verschidde Gréissten. Mam Bauerenhaff géif et och gäre spillen, hat d'Mia dem Connie erzielt, si hätte jo um Duerf gewunnt, an do wär et dacks bei de Bauer gaangen, frësch Mëllech an Eeër sichen, et hätt souguer d'Kéi gefiddert an d'Källefcher geheemelt. Dat géif et e bëssche vermëssen. Säi Papp wär frou, hatt net ëmmer mam Auto ronderëm mussen ze féieren, am Éislek hätte se fir all Kommissioun den Auto missen huelen. Hatt war frou, datt et net wäit fir an d'Schoul wär, et wär sech se scho mat senger Mamm vu baussen ukucke gaangen, an et géif sech freeën, wann d'Schoul nees ugeet, seng Mamm géif och do schaffen, si wär do Léierin. „Wou?", hat d'Connie gefrot. „An der Bessemer-Schoul", hat d'Mia geäntwert. An d'Connie sot him, datt et och an déi Schoul gaange war, elo wär et an engem Lycée.

Dëse Mëtteg huppen d'Meedercher sech op de Spillteppech, d'Mia stellt Kéi, Geessen, Schwäin an Hénger op an d'Connie riicht ronderëm d'Déieren eng Paart op, déi et aus dem Gaardeschapp, deen zum Bauerenhaff gehéiert, geholl huet.

„Bass de traureg, dass d'Chloé geplënnert ass?", freet d'Mia an tässelt Stréibotten op e Weenchen.

„Nö. Du bass jo lo hei."

„Mengs de, hatt wär traureg?"

„Dat fënnt eng nei Frëndin zu Paräis. Säi Papp ass Fransous. Seng Mamm huet mat him Lëtzebuergesch geschwat, datt et soll léieren. Hien huet mam Chloé Franséisch a Lëtzebuergesch geschwat. Et war witzeg, hinnen nozelauschteren. D'Chloé konnt schonn e bëssche Franséisch. Un tout p'tit peu."

„Un tout p'tit peu", widderhëlt d'Mia.

D'Mia hëlt den Trakter mam Unhänger aus dem Gaardeschapp a fiert domat am Krees ronderëm.

„Connie?"

D'Mia waart op eng Reaktioun. Et kritt keng Äntwert. Et muss den Numm widderhuelen.

„Connie!"

„Ja?"

„Gëss du och meng Frëndin?"

D'Connie këddelt d'Mia um Bauch. D'Mia muss méi laachen wéi d'Connie.

„O du!"

„Dat këddelt."

„Has du do keng wou s de gewunnt hues?", freet d'Connie.

„Déi haten ni vill Zäit", äntwert d'Mia. „D'Marie an d'Joana. Déi sinn ëmmer hin- an hiergefouert ginn."

D'Connie tässelt Heebotten an den Unhänger an d'Mia fiert domadder bei d'Kéi a kippt s'op de Buedem.

„Ech hu mech gutt mam Chloé verstanen. Hatt hätt am léifste gehat, ech soll all Dag bei et kommen. Dat ass awer net ëmmer gaangen."

„Firwat?"

„Mäi Brudder an ech gi jo och nach bei eise Papp."

Well d'Mia d'Ae grouss oprappt an op eng Äntwert waart, muss d'Connie him déi ginn.

„Meng Eltere wunne getrennt."

„Däi Papp wunnt net bei Iech?"

„Ech sot jo, meng Eltere wunne getrennt ... Si si gescheet."

„A", mécht d'Mia fir näischt soss mussen ze soen oder ze froen, an et stellt, fir sech ofzelenken, déi kleng Fierkele méi no bei d'Schwäin.

„Wa mäi Papp eis siche komm ass", seet d'Connie no enger Zäit, „sinn ech dacks fortgelaf an heemlech duerch den Drot gekroch, fir bei d'Chloé ze goen. Meng Mamm ass mech dann eriwwer siche komm."

„Asou."

„Da sinn ech schéi vernannt ginn. Dat war mer awer egal. Meng Mamm wëllt dat net méi. Dat hat ech der scho gesot."

„Kann ech eng Kéier bei dech spille kommen?", freet d'Mia fir nees vu senger Verleeënheet ofzelenken.

„Ech hunn net souvill Spillsaache wéi s du."

„Firwat?"

„Ech sinn net sou brav wéi s du."

D'Connie muss laachen.

Lo muss d'Mia matlaachen.

„Komm mer spille mat denge Poppen", seet d'Connie op eemol.

„Jo, gär."

D'Meedercher loossen d'Figure bis eng nächste Kéier stoen.

„Du raums och net gär?", freet d'Connie.

„Neen", äntwert d'Mia an et hëlt déi zwou Poppen, déi brav op hire Stillercher beim niddregen, ronne Dësch sëtzen, op deem kleng Telleren a Läffelcher leien.

„Ech huelen d'Lotti", seet d'Mia, „an du kriss d'Netty. D'Lotti ass meng Liblingspopp. Ech hunn him nach de Moien eppes z'iesse ginn."

Et sinn zwou Babypoppen, d'selwecht grouss, ongeféier véierzeg Zantimeter. D'Lotti huet schwaarz, laang Hoer, huet e bloe Räckelche mat wäisse Pinktelcher un, rosa Séckercher a wäiss lacke Schingelcher. D'Netty huet en eendeelegen Overall mat Mutz un.

„Du hues keng Barbiepoppen?"

„Ech spille léiwer mat dësen. Wéi ech d'Lotti geschenkt kritt hunn, wollt ech keng aner méi."

D'Connie denkt un dem Chloé seng Barbiepoppen. Hatt hat se ni gezielt, awer et waren der vill, bal drësseg verschiddener. Ëmmer koumen der derbäi, vun der Prinzessin, der Fee, iwwert d'Traveldoll mat der Wallis bis zu der Yogabarbie, an et hat och e Ken. Et hat en extra Schiefche fir déi sëllege Kleeder, e Schminkan e Stylingdësch an eng Krankestatioun.

D'Connie huet d'Barbiepoppen ni gekämmt, a wann d'Chloé et verwonnert gefrot huet, firwat, da wollt et net mat der Sprooch erausréckelen, et huet geflunkert, dat géif ze vill knistren, an dat ellent Gefill hätt hatt net gär. „Ech kréien dann Héngerhaut." Et konnt him awer net soen, datt dat Gefill näischt am Verglach mat engem anere war, an zwar deem nach méi eeklege Gefill, dat et mol hat. Et war sou schwéier, dat a Wierder ze soen, wat him geschitt war. Et fält him och schwéier, dem Mia et a Wierder auszedrécken. Fir et bei senger Popp, dem Lotti, unzedeiten, geet haut net. Déi ass nämlech vill méi grouss wéi eng Barbiepopp. D'Connie bräicht e breet, stoffent Hoerbändchen, oder eent, dat wéinstens méi laang a méi elastesch wär. Haut huet et awer seng laang Hoer zu engem Päerdsschwanz gebonnen, ronderëm deen et nëmmen e schmuelen, kuerzen Hoerlastik gewéckelt hat. Mam Lotti muss et nach waarden.

D'Mia hëlt e Bastelset a leet en op de Spilldësch. Et ass e Kaddo vun der Boma Georgette. Et verdeelt déi eenzel Elementer aus Moosgummi wéi Bäich, Mailer, Schwänz a Schnëssen vun e puer Dschungeldéieren. D'Patte kann een aus Pärele maachen.

D'Connie ka lo net einfach opstoen a goen. Hatt bastelt mat a sicht sech d'Elementer vum Nilpäerd eraus an d'Mia déi vum Elefant. Si brauchen eng Zäit, konzentréiere sech, vill schwätzen se net iwwrem Bastelen, an zum Schluss kréien déi zwou Déierefiguren nach Wackelaen opgepecht.

12

D'Madamm Wallmer wëllt mech haut mat engem Baukaste spille loossen. Si huet eng nei Iddi, wéi ech am beschten erziele kann. Hir ass et egal, datt ech net alles beieneen erzielen. Ech kann net alles an enger Kéier erzielen. Ech brauch dofir meng Zäit …

Meng Zäit. Wann se mir gehéiere géif, dat wär flott, da géif ech am léifsten un hir dréine kënnen. Mol méi séier, mol méi lues. Dat hänkt dovun of, wat geschitt. Mee d'Zäit gehéiert kengem.

Wann déi vergaange Joer an eenzel Stécker agedeelt wären, wéilt ech am léifsten dat Stéck mat deem donkele Kapitel erausbriechen, wéi een eng Rëpp vun enger Tablett donkele Schockela ofbrécht … Mee wat hätt ech dann dovun? Da wär d'Stéck just eraus. An dann? Ech wéisst an deem Fall mol net, wéi ech et lassginn. Béis Erënnerunge schmëlzen net wéi Schockela. Déi sinn zéi. Et ginn der, déi bleiwen un engem pechen, wéi Karamell um Gomm.

Ech muss déi hëlze Küben openeen tässelen. Ouni ze ziddere maachen ech dat, schéi lues, een an nach een an nach een an nach een, an da ginn ech nees e Kand, ech hunn zwar ni mat engem Baukaste gespillt, awer dat Opriichten ass esou kannerech, datt dat mech liicht nervös mécht, well ech jo a Wierklechkeet kee Kand méi sinn, an da placéieren ech express e Küb net exakt. Meng Konstruktioun fält ganz an e Koup. D'Küben trëllen op de Buedem. Dat Gerabbels schaalt a mengem Kapp.

– Wéi d'Mia vun der Klunsch gefall war, hat ech och sou e Gefill. Wéi wann alles zesummegetrollt wär.

Ech rafen d'Küben nees op.

– Ech war richteg rosen iwwert mech. Awer nach méi iwwert den Här Dorbach. En huet gesot, ech hätt besser op d'Mia oppasse sollen … Wéi kann hie sou eppes soen? … Hie weess jo mol net, wéi et mer duerno war.

Ech huelen de Fluff. E plüschen Trouscht kann ech lo gutt gebrauchen.

Ech hat den Hoppsi am Gaart leie gelooss. Ech war gläich erop a meng Kummer gerannt. Hu mech op d'Bett geklaakt. Hu gekrasch. Mäi Gesiicht an de Pillem vergruewen ... Alles wéinst dir ... alles wéinst dir ... du topegt Ouninumm ... Ech hunn och d'Sireen net méi aus dem Kapp kritt ...

– Solle mer eng Paus maachen, Connie?

– Ech hunn se nach dacks duerno héieren. Ech hu geléiert, s'auszeschalten. Ech héiere se lo nees, wéi e schwaachen Echo. An ech gesinn d'Leit vum Rettungsdéngscht mat der Brëtsch kommen. Ech gesinn d'Madamm Dorbach ... hmmm ... D'Marielle kënnt gelaf a rifft: „Mia! Mäi léift Mia! Héiers de mech?"... Et ass méi einfach, ech soe Marielle.

– Du méchs si jo no.

– Net dowéinst. Ech nennen et scho méi laang mam Virnumm.

– Vun do un, wou se der gehollef hat?

– Hmmm ...

– Wou se mat dir bei d'Police Judiciaire war?

Ech muss iwwerleeën.

– Scho virdrun ... Wéi ech eemol owes bei et gaange war, fir him alles ze soen.

Mir ware lo vum Numm ofgelenkt ginn. Ech muss nees vum Accident erzielen.

– D'Marielle war an der Kichen, wéi d'Mia vun der Klunsch gefall ass ... Säi Mann war op der Aarbecht.

Ech riichten den Tuerm nees op. Ech huele mer Zäit dofir. D'Madamm Wallmer kuckt mer no. Hire Bléck ass ganz präzis op meng Fangere geriicht. Ech sinn amgaang mech opzeriichten. Stéck fir Stéck, Küb fir Küb, ouni ze zidderen. Nëmmen esou kommen ech weider. Et feelen nach vill Küben. Eppes weess ech: Wann de Sockel net stabil genuch ass, fält alles an e Koup. Ech sinn net aus Bausteng. Ech däerf net zidderen.

Näischt däerf wackelen. Ech riichten net eppes op. Ech riichte mech op.

Schéi lues. Ganz lues.

– Den Tuerm däerf net ëmkippen. Den Tuerm muss stabil sinn. Ech war eng Kéier bal ëmgekippt.

– Wat mengs de, mat ëmkippen?

Ech hu mech selwer ofgelenkt. Ech war grad beim Accident ukomm a schonn denken ech un eppes aneschters. Ech hu mech un déi Situatioun owes beim Marielle erënnert, wou ech bei him doheem war a wéi ech mech am Spigel gekuckt hat a wéi de Spigel bal gerass war an ech bal keng Loft méi kritt hat a wéi ech bal zesummegebrach war. Et gëtt Zäit, dass ech iwwert deen Owend schwätzen. Dofir muss ech vum Accident bei meng Hoer wiesselen.

– Ech war bal eng Kéier zesummegebrach.

– Dat muss de mer méi genee erziele.

– Meng Hoer ware mol méi laang.

Ech hat keng Foto vu mir. Keng gutt. D'Fotoen op der Carte d'identité an der Schülerkaart si grujeleg. Reefer ënnert den Aen, wéi déif Kaulen. Soss hätt ech hir weise kënnen, wéi laang meng Hoer mol waren. Pechschwaarz Hoer, sou schwaarz wéi d'Nuecht, ouni Mound a Stären a Mëllechstrooss. Ech hu mech déi lescht Joren net gär am Spigel gekuckt, dann hätt ech mech scho guer net op enger Foto wëlle gesinn. Wie kee Vertrauen a sech selwer huet, kuckt sech net gär selwer a wëll scho guer net vun deenen anere gesi ginn. Zwou Wochen nom Schoulufank war ech bei de Coiffer. Ech hu jo eng Kéier missen aus mengen zerfatzten Hoer eng uerdentlech Coupe geschnidde kréien. D'Sandrine, meng Frëndin, war mat mer. Ech war frou iwwert seng Ënnerstëtzung. Wéi mer aus dem Salon erauskomm waren, huet et mech mat enger Hand fest widdert d'Schëller gedréckt, et wollt en Dapp aus mer maachen, an ech sinn och e puermol am Krees ronderëm gedréint an hu mech dobäi u meng Spiralen

erënnert, an d'Sandrine huet meng Coupe – eng Kombinatioun aus Bob a Pixie – mega fonnt. Hatt huet mech wéi dat aacht Weltwonner bekuckt. Ech war richteg frou, eemol eng houfreg Säit vu mir weisen ze kënnen. Eng Säit, déi ech bei mir net kannt hunn. Et war héich Zäit ginn. Et war e gutt Gefill. Ech weess, dass Leit bei de Coiffer ginn, net aleng wéinst hiren Hoer, och fir sech opzemonteren. Ech hu mech duerno vill besser gespuert.
– Nom Coiffer sot meng Mamm: „Dat geet der iwwregens gutt." Et ass scho laang hier, datt meng Mamm mir esou e Kompliment gemaach huet.

D'Madamm Wallmer, zimmlech ongedëlleg, riicht sech méi no zu mir a kuckt mech an d'Aen.
– Du wollts mer iwwert deng Hoer schwätzen.
– A jo.
– Firwat hues du dir se geschnidden?
– Ech hunn iwwerreagéiert.
– Du wollts eppes domadder ausdrécken.
– Wat fir e Meedche schneit sech dann d'Hoer sou ellen?
Ech halen déi riets Hand op Schëllerhéicht.
– Esou laang ware se. Ech wollt net ze laang bei den Noperen am Buedzëmmer bleiwen. Zack-zack-zack ass et gaangen.

D'Madamm Wallmer kuckt sou iwwerrascht, wéi wann ech en Zaubertrick färdegbruecht hätt.
– Du hues der se net bei dir doheem geschnidden?
– Neen. Ech war bei d'Marielle, fir him alles ze soen … Ech hu mer d'Hoer esou kuerz wéi dem Mia seng schneide missen.

Ech maachen eng Paus. Ech muss. Wann ech un dee Moment denken, fäerten ech, et géif mer nees dronke ginn … Firwat schwätzen ech vum Mia? Ech soll hatt dach aus dem Spill loossen. Hatt hat näischt domadder ze dinn. Net direkt … Ech stinn op. Ech ginn duerch d'Zëmmer bis an den Entspanungseck. Ech sëtze mech op de Buedem a maache mer et tëschent den décke Pilleme gemittlech.

Et gi mer souvill Gedanken duerch de Kapp. Froen, Virwërf. Wéinst dem Hoerbändchen. Op wat fir eng aner Manéier wéi déi iwwrem Spillen hätt ech et dann nach ausdrécke kënnen? Ech wousst jo net, wat fir en anere Wee ech soss hätt huele kënnen.

D'Madamm Wallmer mellt sech nees zu Wuert.

– Firwat dann sou kuerz wéi dem Mia seng?

– Ech wollt nees sou kleng gi wéi hatt.

Dat bannenzegt Zidderen ass verschwonnen. Ech leeë mer e Pillem op de Schouss a knuddelen domat.

– Déi Hoer, déi nach do houngen, hunn ech mer op de Säiten zu kuerze Witzercher gebonnen. Ech war bal grad sou al wéi d'Mia, wéi et geschitt ass.

D'Madamm Wallmer weess, wat ech mam *et* mengen. Ech si jo dowéinst hei, fir driwwer ze schwätzen. Bis elo hunn ech hir et awer nach net mat menge Wierder gesot. Op engem Blat an deem Heft, an dat ech déi besonnesch Wierder schreiwen, hat ech et kursiv geschriwwen, obwuel déi zwee Buschtawe sech um Ufank gewiert haten, well se net wollten, dass et op déi Manéier ervirgestrach gëtt. Dofir hat ech et an de Spiralen agespaart. Ech hätt och Eppes-ganz-Schlëmmes schreiwe kënnen. Dat ass ze laang. Et ass e klengt Wuert. Zwee Buschtawe fir eng laang Péng. Ech wousst net, wéi ech et sollt schreiwen, dass et net ze vill opfale sollt. Et sinn zwee gewéinlech Buschtawen, an deenen eng schrecklech Erënnerung aus engem laange Kapitel stécht. E klengt Pronome fir mäi grousst Leed.

– Ech hat gemengt, et géif mer grad beim Spille méi liicht falen. … Dat mam Lotti war keng gutt Iddi.

Ech muss eng Paus maachen. Ech dabbere mat de Fangeren um Buedem. Dab-dab-dab-dab. Elo ass en nees do, den Hannergedanken. Bei de Meedercher hat ech versicht – wéinstens versicht –, net méi dat ze verdrängen, wat sech bei mir ugestaut hat. Et sollt mol en Ufank sinn. En éischte Versuch.

– Drénk mol eppes!

Ech schëdde mer Waasser an e Glas. Et steet ëmmer eng Literfläsch Waasser an zwee Glieser um Dësch. Ech drénken eng Schlupp. Si drénkt och.

Op engem Stack iwwert eis ass vill Kaméidi. De Presslofthummer héiert ee bis erof. Dat lenkt eis e bëssen of. E gëtt lo méi lues. Et hummert net méi sou haart.

– Wien ass d'Lotti?

– Dem Mia seng Liblingspopp. D'Mia huet net verstanen, wat den Zweck vum Hoerbändche war. Ech konnt him dach net erzielen, wat mäi Papp gemaach hat, wéi ech esou al war wéi hatt.

Ech schloe mech mat der Hand widdert d'Stier.

– Weeder d'Mia nach d'Chloé konnte deen Hiwäis verstoen. Ech hat mer dat aneschters virgestallt ... Wat solle si sech nëmmen dobäi geduecht hunn? ... E Schutz viru wat? Viru wiem?

D'Madamm Wallmer pëtzt hir Lëpsen openeen, hire Mond ass nëmmen e riichte Stréch.

– Wat war dann den Zweck?

Si weess et. Si muss froen. Si freet ëmmer gären no, och wa se d'Äntwert kennt. Froe si wéi Schlësselen, déi an d'Schlass passe mussen. Wann net, da muss ee se uelegen oder en anere Schlëssel huelen. Nach zwee Sätz vun hir, déi a mengem Bichelche stinn.

– D'Mia konnt dach net verstoen, wat ech domadder gemengt hunn ... Wéi soll ech him et da soen, engem Kand, wann ech et mol net der Madamm Migny, net menger Léierin soe konnt?

Ech hunn dat Wuert konnt lo méi haart wéi all déi aner Wierder gesot. Ech stinn op, setze mech an de Schaukelstull a schaukelen e bësschen.

Lo muss ech och heibanne mat der Sprooch erausréckelen. Ech hunn et dach scho mol soe kënnen. Op Ëmweeër a mat Hannergedanke verieren ech mech. Et gëtt nëmmen ee Wee. Riichteraus ass direkt. Riichteraus ass éierlech. Keng Spirale méi. Net méi am Krees dréinen. Dëst Zëmmer ass prett dofir. Hei gëtt et mer net dronken.

– Ech hunn et fir d'éischt dem Marielle soe kënnen. Duerno hunn ech et och menger Mamm missen zouginn. An duerno der Enquêtrice, der Madamm Delpierre. An elo kann ech et nees hei. Hei fält et mer schonn net méi sou schwéier wéi déi aner Kéieren.

D'Madamm Wallmer bekuckt mech, ouni eng Reaktioun ze weisen. Si weess jo Bescheed. Ech waarden. Ech sinn um richtege Wee. Si kënnt mer mat hirem Bléck entgéint. Mir ginn de Wee lo zesummen.

– Mäi Papp huet mech un enger intimer Partie vu mengem Kierper geheemelt. U menger Scheed – oder besser gesot Vulva, wéi ech geléiert hunn, dass et richteg heescht. Ech louch am Bett. Virdrun huet e mer meng Hoer gekämmt.

Ech hoffen, dat war lo déi leschte Kéier, dass ech et gesot hunn. Ech spieren, dass ech net méi sou genéiert sinn, wann ech dovu schwätzen.

De Raum ënnerstëtzt mech. En ass och net genéiert. Ech spieren dat. Hie weess aus Erfarung, wat et bedeit, sech hei am Zëmmer iwwerwannen ze mussen. Näischt réiert sech. E brauch sech net zesummenzezéien. ... Ech ootmen aus. De bannenzegen Drock ass fort. Ech kréien nees gutt Loft. Wéi gutt, wann een nees fräi ootme kann. De Kaméidi vum Presslofthummer iwwert eis huet opgehalen. Oder war et d'Gedubbers a mengem Kapp?

Der Madamm Wallmer hir Aen hunn eng besonnesch Ausstralung. Si glënnere wéi d'Spigelbullen op engem Kannerkarussell.

– Ech hu mech geschummt fir dat, wat mäi Papp gemaach hat. Do war eppes wéi e Scholdgefill, dat ech verspiert hat an dat ech laang net lass gi sinn.

– Du hues der selwer Virwërf gemaach?

– Ech hu mer Froe gestallt. Eréischt méi spéit. Ech hu mer geäntwert: „Du bass dach net schëlleg, Connie. Du hues der näischt virzewerfen …"

Ech maachen eng Paus. D'Madamm Wallmer wénkt mam Kapp, als Opmonterung weiderzefueren.

– Ech sinn dach net schëlleg. Ech hunn dat net verhënnere kënnen.

Ech sinn erliichtert.
Erléist.
Befreit.

Elo steet d'Madamm Wallmer op a geet d'Fënster opmaachen. Wéi wa si gespuert hätt, datt de Raum sech lëfte wëll. D'Zëmmer brauch och frësch Loft. Et war zimmlech stéckseg ginn. Och Zëmmere mussen ootmen, wann se matfillen. Dëst Zëmmer ganz besonnesch.

Et gëtt en Ausdrock, dee seet, et géif engem e Stee vum Häerz falen, wann een eppes net méi fir sech hält, wat ee laang net soe konnt. Ech hat et jo scho gesot. Vill ze vill dacks. Op anere Plazen. Awer hei fillen ech mech lo méi liicht.

Ech fille mech liicht wéi eng Plomm.

Ech sinn eng Plomm.

D'Fënster steet grouss op.

Ech muss oppassen, dass ech net fortfléien.

13

D'Connie an d'Mia hunn net laang an der Sandkaul gespillt. Si wëlle léiwer am Zëmmer spillen. Et gëtt nees en neie Poppendag. D'Poppe si prett, fir ugedoen, gekämmt a gefiddert ze ginn. D'Connie hëlt hir Kleeder, hir Schingelcher an hir Accessoiren.

„Du muss opstoen", seet d'Mia zum Lotti, dat nach an der Kutsch läit ze schlofen. „Lotti, erwäch!"

D'Mia hëlt d'Lotti aus der Kutsch. Et kämmt him seng laang a seideg Hoer.

„Deng Hoer si sou duuss", seet et zu der Popp. „D'Lotti huet gär, wann et gekämmt gëtt."

Do war se nees. D'Erënnerung. Dem Connie ass grad e Stéch duerch d'Häerz gaangen. Traut et sech elo dat ze maachen, wat et am Kapp hat? Säin Hannergedanke réiert sech a wëll zum Virgedanke ginn. Hatt pucht dem Mia d'Hoerbiischt aus der Hand. Déi lant an engem Eck vum Zëmmer.

„Wat ass?", freet d'Mia erféiert a geet d'Biischt oprafen.

„D'Lotti huet iwwerhaapt net gär, wann et gekämmt gëtt", seet d'Connie ganz haart an et kuckt béis.

Et ass d'Ouninumm, dat sou béis kuckt. D'Connie konnt fir e kuerzen Ablack dem Ouninumm dee Bléck net ausdreiwen.

D'Mia huet d'Connie nach ni sou erlieft. „Ma dach", seet et, „d'Poppen hunn all gär, wa se gekämmt ginn."

„D'Lotti net."

„Firwat d'Lotti net?"

„Ma et wëllt haut net."

D'Connie hat, ier et komm war, säi Päerdsschwanz ëmständlech mat engem breeden Hoerband ëmgebonnen. Lo wéckelt d'Connie et lass. Seng laang Hoer fale ganz labber op seng Schëlleren. Et hëlt dem Mia d'Lotti aus den Hänn, zitt der Popp de Räckelche liicht erop a bënnt d'Hoerband e puermol ronderëm déi Plaz, wou d'Beenercher sech um Bauch beweege loossen.

„Firwat méchs de dat?", freet d'Mia erféiert.

„Ech muss d'Lotti beschützen", äntwert d'Connie.

„Watgelift?", freet d'Mia ganz verwonnert.

„Esou kann him näischt geschéien."

„Wat kann him da geschéien?"

„Et muss gutt oppassen."

„Op wat? Wat geschitt him dann?"

D'Mia weess net, wat et nach froe soll, sou duercherneen ass et, an sou traureg. „D'Lotti wäert och traureg sinn", denkt et. Hatt versteet jo och net, firwat d'Connie dat mat him gemaach huet. Dat huet et nach ni virdru gemaach.

„Hei bei dir geschitt him näischt", seet d'Connie an engem méi rouegen Toun, fir d'Mia wéinstens e bësschen ze tréischten.

„Firwat?", freet d'Mia mat enger ziddereger Stëmm.

„Well mer zu zwee op et oppassen."

„Dem Lotti geschitt dach näischt."

„Wann et net oppasst, dach. Virum Schlofegoen."

„Firwat?"

Da seet d'Connie an engem geheimnisvollen Toun: „Dat muss et nach fir sech halen."

„Ech verstinn net, vu wat s du schwätz", seet d'Mia.

„Eng Kéier soen ech der et", mengt d'Connie. Da leet et d'Popp an d'Kutsch an deckt se zou.

Da mécht et, wéi wann näischt geschitt wär. Et kuckt d'Mia mat groussen Aen, zitt d'Schëlleren e puermol erop, fir sech selwer an dem Mia ze soen, a wat war dann elo grad a mech gefuer?

Dem Mia seng Aen haten ugefaangen, liicht ze tréinen. Et wëscht sech d'Tréine mat engem Wutz vum Pillem of. D'Connie weess net, wéi et d'Mia tréischte soll, sou erféiert ass et iwwert deem seng Reaktioun.

„Komm, mer spillen nees mam Bauerenhaff", seet et fir d'Mia op aner Gedanken ze bréngen.

Hatt fiddert d'Källefcher, mam Biesem kiert et de Stall. D'Mia weess net, ob et weiderspille soll oder net. Et géif d'Connie lo am léifsten heemschécken. Dat traut et sech net. Et mécht blubb-blubb-blubb-blubb, wéi wann et Waasser aus enger Strenz géif an den Trach schëdden. D'Connie stellt Heebotten an d'Schubbkar.

Wéi et fir d'Connie Zäit ginn ass fir heem, geet d'Mia mat him bei d'Hausdier, a grad an deem Moment kënnt seng Mamm aus der Kichen, a well se mierkt, dass d'Connie d'Hoer anescht huet wéi virdrun, freet se, ob d'Meedercher Coiffersalon gespillt hätten. Si kritt net gläich eng Äntwert. D'Mia zéckt a leeft da séier d'Trap erop. D'Connie hieft d'Schëlleren, dann äntwert et, et hätt säi Bändche vun den Hoer gestréppt a beim Mia am Zëmmer leie gelooss, a wéi d'Mamm rifft, d'Mia soll dem Connie en erofbréngen, reagéiert d'Mia net.

„Scho gutt, Madamm Dorbach, ech hunn der jo nach genuch."

„Äddi Connie."

„Bis eng aner Kéier."

Haut ass et um Yves fir virzeliesen. Hien an d'Marielle wiessele sech of. Si versiche sou gutt wéi méiglech, sech dorun ze halen. Et ass eng Gewunnecht ginn, e Ritual.

D'Mia huet sech et am Bett scho gemittlech gemaach, de Pillem sou gedruddelt, datt et an enger gudder Positioun läit fir nozelauschteren. Den Hoppsi sëtzt och scho prett do. Den Yves sëtzt sech op d'Bettkant, hëlt dat illustréiert Kannerbuch iwwert e Kaweechelchen, de Fluff. Sou ass och den Titel vum Buch: De *Fluff*.

Den Yves liest vir: „Fir genuch am Wanter z'iessen ze hunn, huet de Fluff säi Proviant op e puer Plazen am Bësch verstoppt: Eechelen, Dännenzappen a Kären. Haut huet e Loscht op Kären. Awer lo weess hien net méi, wou hien e Lach fir d'Käre gebuddelt hat."

D'Mia mécht: „O!"

Op enger Serie Biller gesäit een de Fluff am Bësch sichen, bei enger Bänk, engem Bamstamm, bei enger Bamwuerzel.

„Hie sicht iwwerall, awer e fënnt d'Plaz net méi. ‚O, firwat verhalen ech esou schlecht?', freet de Fluff a kraazt sech um Kapp. Hie buddelt grad ënne bei engem Bamstamm, do kënnt de Fierschter a seet: ‚Du muss Gedold hunn an …'"

Den Yves mierkt, datt dem Mia d'Ae vu Middegkeet zoufalen. „Da geet et muer weider", seet hien. E klappt d'Buch zou a leet et op den Nuetsdësch. Hie wëllt grad d'Liesluucht ausmaachen, do steet d'Mia op an et seet, et hätt vergiess, d'Lotti zouzedecken. Et geet bei d'Kutsch, an där d'Lotti läit, hieft d'Popp eraus a pëspert him an d'Ouer: „Schlof gutt, Lotti. D'Connie mengt et net esou." Hatt leet d'Popp nees an d'Kutsch, deckt se gutt zou a geet sech nees leeën.

Den Yves gëtt dem Mia e Gutt-Nuecht-Kuss, mécht d'Liesluucht aus, steet op a geet eraus.

Méi spéit owes, ier d'Marielle an d'Bett geet, freet et den Yves, deen amgaang ass säi Pyjama unzedoen, ob him d'éinescht näischt beim Mia opgefall wär, hatt wär nämlech sou komesch gewiescht, wéi d'Connie heemgaange war.

„Et war nach den Owend beim Iesse sou komesch, anescht wéi soss."

„Ech hunn näischt Spezielles an Uecht geholl", seet den Yves. „Si hu gutt nogelauschtert, den Hoppsi an hatt."

„Dann ass et gutt", seet d'Marielle.

Si leeë sech an d'Bett a versichen allen zwee eng gutt Schlofpositioun ze fannen.

„Gutt Nuecht."

„Nuecht. Schlof gutt."

„Du och."

No enger Zäit dréint den Yves sech zum Marielle.

„Lo fält et mer nees an", seet en. „Nodeems ech dem Mia virgelies hunn, ass et opgestanen, et huet seng Popp aus der Kutsch geholl an et sot: D'Connie mengt et net esou. Do huet et se nees hannescht geluecht an hatt ass och nees a säi Bett gaangen. Do hunn ech nach héieren, wéi et fir sech sot: A wann hatt dat nach eemol mécht, ginn ech béis mat him."

D'Marielle freet besuergt: „Muss du mir dat lo soen?"

„Wat ass dann?", freet den Yves, deen dem Marielle seng Bemierkung net verstanen huet.

„Elo net", äntwert d'Marielle.

„Du has dach gefrot", seet den Yves.

Hie bleift a senger Positioun a stuerkt op de Plaffong.

D'Marielle dréint sech op seng Säit.

Hatt erënnert sech drun, wéi et d'Nicole eng Kéier zoufälleg begéint hat a wéi s'an eng Pâtisserie Kaffi drénke waren. Wéinst e puer Paperassen hat et extra fir een Dag vu Paräis op Lëtzebuerg komme missen. „Je croise les doigts", hat et gesot. D'Nicole wollt wëssen, ob d'Mia sech schonn agelieft hätt, an d'Marielle huet gesot, et wär nach Vakanz a wann d'Schoul bis amgaang wär, géif et scho Frëndinne fannen, de Moment kéim d'Nopeschmeedche bei hatt spillen.

„A, d'Connie!", hat d'Nicole gesot an dobäi liicht keime missen, „dat ass jo och vill bei d'Chloé spille komm. Dat wär am léifsten all fräi Minutt bei hatt eriwwerkomm." D'Marielle sot, d'Mia géif och gutt eens mat him ginn. An d'Nicole huet erzielt, déi lescht Zäit wär et awer stresseg gewiescht, d'Chloé hätt op eemol keng Loscht méi gehat, bei d'Connie ze goen. Et wéisst net, wat tëschent de Meedercher virgefall war, mee hatt hätt gemierkt, „an dat hunn ech mengem Meedchen ofgesinn", datt et tëschent hinnen net méi richteg gefunkt hätt, „entr'elles le courant ne passait plus." D'Marielle hat doropshi gemengt, et hätt d'Connie net méi interesséiert mat de Poppen ze spillen, den Altersënnerscheed hätt och ganz bestëmmt eng Roll gespillt.

„Neen", sot d'Nicole, „d'Chloé huet mer eemol geziélt, d'Connie géif him komesch Saache soen an och komesch Saache mat de Poppe maachen, an d'Chloé war ganz perturbéiert, op jiddwer Fall huet et d'un jour à l'autre net méi mat de Poppe spille wëllen."

D'Marielle kann net aschlofen. Seng Gedanke loossen et net zur Rou kommen. Elo ass hatt perturbéiert. Déi komesch Saachen, déi d'Connie mam Chloé senge Poppe gemaach hat, huet et dach ganz bestëmmt och mam Mia senge gemaach. An dem Mia huet et dobäi och ganz bestëmmt déi komesch Saache gesot. Wann et wat nach eemol mat de Poppe maache géif? ... Wat war domadder gemengt? Hatt hat net d'Impressioun, wéi wann d'Mia eng Kéier rosen iwwert d'Connie gi wär. Wat war nëmme virgefall? Elauter Froe geeschteren lo a sengem Kapp. Hatt muss säi Meedchen eng Kéier froen, woufir et sech huet misse beim Lotti entschëllegen.

14

Kënnen d'Deeg sech schummen? Gëtt et der, déi sech soen: „Haut häss de besser gehat, net ugefaangen ze hunn?" En Dag ass einfach do. E fänkt un an hält op a fänkt nees un a sou weider. D'Deeg kommen a ginn. Si stelle sech keng Froen. De Kalenner weess net, wat gutt a wat schlecht ass. Wat misste verschidden Deeg sech da schummen, wa se wéissten, wat se net alles schonn am Laf vun hirer Zäit zum Onwee bruecht hunn. Et ass gutt, datt d'Deeg kee Gediechtnes hunn. Am Laf vun der Zäit hu se jo och scho vill schéi Momenter erlieft, awer et gëtt keng Zäitrechnung, déi statistesch erfaasst, ob et méi schéi wéi elle Momenter gëtt. D'Deeg kënne fir näischt. Si iwwerhuele fir näischt eng Verantwortung. Si hu kee gutt a kee schlecht Gewëssen. A wann eppes Schreckleches geschitt, brauch en Dag sech bei kengem z'entschëllegen. E wéisst net wou, net wéi an net bei wiem. En Dag, an deem alles gutt leeft, fillt sech och net besser wéi en Dag, an deem alles schlecht gelaf ass. Deeg hu keng Gefiller a rivaliséieren net mateneen. Et ass den Deeg egal, wat geschitt.

 Och dësem Dag, am August 2019.

D'Mia hat keng Loscht méi mam Bauerenhaff ze spillen. Et huet opgehale mat reenen. An dofir geet hatt mam Connie eraus an de Gaart. D'Sonn ass um Rendez-vous an ass amgaang, déi fiicht Wiss mat hiren nees gliddege Stralen ze dréchnen. Mam Plastikssëtz vun der Klunsch brauch se meeschtens méi laang Zäit, och wann et nëmme gefisemt hat.

 D'Mia sëtzt sech gläich op d'Klunsch. Mam Hoppsi am Grapp. Et weess, wéi et e gudde Schwong hëlt. D'Féiss no vir strecken ass wichteg.

 Et gëtt iwwerall fiicht Kannersëtzer, vun deenen e Kand nom Reen, souguer no engem klenge Fisemreen, erofrëtsche kann. Et gëtt dausende Kanner, déi de Moment klunschen, an ënnert deene gëtt et e klenge Prozentsaz, deen iwwerem Klunschen e Plüschdéier am Grapp hält. De Risiko, datt eppes geschéie kann, ass net därmoossen héich, awer et gëtt Deeg, déi kënnen net viru Gefore warnen, well se net virausgesi kënnen, wat geschéie kann, an dofir net virausgesi kënnen, datt d'Gefore meeschtens anzwousch laueren, wou kee mat hinne gerechent hat.

Dësen Dag konnt och net domadder rechnen, datt d'Connie, iwwerdeems et d'Mia schaukelt, mat sengen eegenen an eegenaartege Gedanke beschäftegt ass. Dacks gëtt et bei him Momenter am Dag an och an der Nuecht, an deene verschidde Gedanken oder Biller hatt net mat Rou loossen. An der Nuecht kann et dann net schlofen. Moies ass d'Bettgedecks da grad sou opgewullt wéi hatt. Am Dag kënnt et vir, dass et net konzentréiert ass a sech ze vill oflenke léisst.

Haut de Mëtteg geschitt och sou e Moment.

D'Connie schaukelt dat frout a glécklecht Mia an iwwerdeems et op seng Hoerwutze kuckt, déi duerch e gudde Schwong un d'Danze komm sinn an an der Loft wéi Fändelcher fladderen, erënnert et sech un d'Lotti an un d'Hoerbändchen, him geet duerch de Kapp, wéi ongär et d'Poppe gekämmt huet, an et spiert nees dat Ouninummkribbelen an der Bauchgéigend. Et ass net wéi dat opreegend Kribbelen am Mo beim Klunschen, et ass eng aner, méi diffus Zort vu Kribbelen, a wéi et grad hofft, et géif dat Bild an dat Gefill verdriwwe kréien, schläicht sech en anert Bild erun, e méi en hannerlëschtegt Bild, an zwar eent mat sengem Papp, deen him d'Hoer kämmt. Duerch dee Kuddelmuddel aus Gedanken, Gefiller a Biller verléiert d'Connie fir ee kuerze Moment d'Kontroll iwwert seng Gesten, well et net un de Moment denkt, net un den Hei-an-elo, net un dat, wat hatt grad amgaang ass ze maachen, an et schaukelt d'Mia ze fest, dréckt et ze fest an et héiert net, wéi d'Mia net méi laacht, mee erféiert „'t geet duer!" rifft.

Dem Mia seng riets Hand ass net grouss genuch, fir d'Seel an dobäi och nach ee vum Hoppsi sengen Oueren uerdentlech unzepaken. D'Mia ass lo op deem héchste Punkt, deen et am Schwong no hannen erreeche kann, fir de Schwong no vir unzesetzen, ukomm. An dann ... wëllt et no enger Bei oder enger Harespel schloen? Oder wëllt et sech mat enger Hand eng Schweessdrëps – oder vläicht eng Waasserdrëps vun der Stier wëschen, well déi hatt do këddelt? Déi riets Hand léist sech vum rietse Seel an doduerch kënnt déi heftig No-vir-Beweegung liicht aus dem Gläichgewiicht, déi lénks Hand léist sech wéi duerch e falschen, ongewollten Reflex vun deem lénke Seel, d'Mia kritt sech net méi mat béiden Hänn un den zwee Seeler ugehalen, et rëtscht vum Sëtz, fält aus der héchster Positioun an der Lut am héije Bou erof an d'Wiss, hannen op de Kapp, an et verléiert d'Besënnung. Den Hoppsi, deen him aus der Hand geflunn ass, huet och e grousse Bou gemaach an ass e puer Meter méi säitlech an déi mat Mulch bedeckte Buedemsträif gefall.

D'Connie geréit a Panik a jäizt.

„Mia! Mia! So eppes!"

Et geet an d'Huppen, knéit sech niewent d'Mia. Et ziddert vu Panik. Et ass wéi geläämt, et kuckt ëm sech, rifft:

„Hëllef! ... Madamm Dorbach! Hëllef!"

Et réiert sech näischt. Dem Connie seng Ae gesinn alles verschwommen, et rifft nach eng Kéier ëm Hëllef. Lo kënnt d'Marielle op d'Terrass. Hatt gesäit säi Meedchen am Gaart leien, bei der Klunsch. Et ka sech denken, wat geschitt ass. Et weess et. Et rennt an de Gaart, knéit sech niewent säi Meedchen.

„Mia! Mia! Mäi léift Mia. Héiers de mech?"

D'Mia gëtt keen Toun vu sech. D'Marielle hält d'Ouer bei dem Mia säi Mond. E schwaacht Ootmen.

„Wat ass geschitt, Connie?" Et ka sech et jo denken. Et muss schwätzen. Säi Mond ass dréchen.

„Et ass vun der Klunsch gefall. Ech konnt dach net dofir", seet d'Connie a jéimert lues.

„Mäi klengt Mia." D'Marielle hält sech d'Hand virun de Mond, fir net haart mussen ze jäizen. Et steet op, et ass him schwindeleg ginn, et muss sech um Klunschepoteau stäipen.

„Géi eran a bréng mer den Handy! E läit anzwousch an der Kichen. Séier!"

D'Connie leeft duerch de Gaart. Et rifft iwwerem Lafen: „Et deet mer sou Leed."

Et huet seng Mamm net bei den droten Zonk komme gesinn.

„Kann ech eppes hëllefen?", freet se.

D'Connie reagéiert net. Et muss sech tommelen. Et gesäit alles dréif. An der Kiche muss et iwwerleeën, wat et do mécht.

En Handy läit um Kichendësch. D'Connie hëlt e mat, leeft wéi op e frieme Kommando nees an de Gaart a gëtt dem Marielle den Handy. D'Marielle rifft den 112. Hatt ass opgeregt, muss sech konzentréieren, seet kuerz, wat geschitt ass. Et hat d'Adress vergiess, nennt se nach séier. „Neen, et ass net uspriechbar", seet et zum Schluss. Dat schéngt d'Äntwert op déi lescht Fro gewiescht ze sinn an dowéinst hëlt et nees déif Loft a knéit sech niewent d'Mia. Et heemelt seng Baken.

„Mia. Et ass d'Mamma. Kanns du mech héieren?"

D'Mia otemt schwaach.

D'Connie gesäit lo och de Max beim Drot. Mat enger Decken am Grapp.

„Wat stitt dir dann do ze afen?", freet d'Connie.

Als Äntwert kritt et just e kuerzt Grommelen.

„Madamm Dorbach!", rifft d'Madamm Mischels. „Hei ass eng Decken."

D'Marielle geet bei den Zonk, d'Madamm Mischels reecht der Nopesch d'Decken duerch d'Spléck.

„Merci, Madamm!"

„Wann Der nach Hëllef braucht …"

„D'Connie kann Iech Bescheed soen. Merci."

D'Marielle leet d'Decken iwwert d'Mia. Lo heescht et just waarden.

D'Sireen vun der Ambulanz an der Strooss. E grujelegt Gefill, wann ee weess, dass d'Ambulanz virun der eegener Hausdier stoe bleift, fir säin eegent Kand. De SAMU an de Rettungsdéngscht vum CGDIS sinn zesummen ukomm. D'Marielle schéckt d'Connie d'Dier opmaachen. Zwee Sanitäter, en Noutdokter an eng Infirmière-Anästhesistin ginn iwwert d'Terrass an de Gaart. Si stellen zwee Rettungsrucksäck mat dem medezinesche Material an den Apparater an d'Wiss. Ee vun de Sanitäter hält dem Mia de Kapp un a freet: „Héiers de mech? ... Wéi heescht et?"

„Mia", seet d'Mamm.

„Mia, héiers de mech?"

D'Mia gëtt keen Toun vu sech.

D'Marielle versicht sou gutt et geet d'Rou ze behalen.

D'Infirmière kontrolléiert, wéi dem Mia seng Pupillen op Luucht reagéieren.

„Dir sidd d'Mamm?"

„Jo."

„Et ass onglécklech vun der Klunsch gefall."

D'Marielle dréint de Kapp a Richtung stenge Bordure. Ee Gléck ass d'Mia net mam Kapp op de Stee gefal. D'Connie kuckt och net op d'Onglécksplaz. Et ass frou, datt d'Madamm Dorbach sot, d'Mia wär *onglécklech* vun der Klunsch gefall.

Den éischte Sanitäter beäntwert dem zweete seng Routinefroen: „Otemt et?"

„Jo."

„Huet et nach Bols?"

„Jo."

Si leeën dem Mia eng Minerv ëm den Hals, fir säi Genéck rouegzestellen. D'Mia mécht onreegelméisseg Otempausen.

D'Marielle wollt net nokucken, wéi den Dokter him d'Otemmask op d'Gesiicht gehalen huet, datt et méi Sauerstoff kritt. Mee dat geet sou séier, datt et dat awer gesinn huet. Ee vun de Sanitäter mierkt, datt d'Marielle wackeleg op de Been a bleech ëm d'Nues ginn ass.

„Kanns du e Stull siche goen?", freet en d'Meedchen. „Du bass?"
„D'Connie. Ech wunnen doiwwer."

D'Connie geet op d'Terrass a kënnt mat engem Terrassestull zréck. D'Marielle sëtzt sech. D'Madamm Mischels an de Max stinn nach ëmmer beim Drot nozekucken. D'Connie géif s'am léifste verjoen a seng Roserei mat. Hatt steet do nozekucken, wéi d'Männer vum CGDIS, den Dokter an d'Infirmière sech ëm d'Mia këmmeren. Et ass rosen iwwert sech. Et hätt besser oppasse sollen.

Déi nächst Hëllefleeschtunge gesäit d'Marielle nëmmen duerch en dréiwe Flom an den Aen. Ass et d'Angscht oder d'Hoffnung, datt et net esou schlëmm ass, wéi et ausgesäit?

D'Mia kritt eng Manchette ëm den Aarm gelueht an de Bluttdrock gemooss. D'Marielle lauschtert nëmmen hallef no, wat gesot gëtt. Si géifen d'Mia lo an d'Klinick féieren. Déi zwee Sanitäter waren d'Brëtsch an d'Ambulanz sichen. Fir d'Mia ganz z'immobiliséieren, gëtt eng Vakuummatrass ëm säi Kierper gelueht, déi sech fest zouzitt, an da gëtt et op d'Brëtsch gehuewen.

D'Connie geet, ouni e Wuert zu der Madamm Dorbach ze soen, duerch d'Spléck am Zonk hannescht an hire Gaart. Et hat net an Uecht gehol, datt seng Mamm an de Max nees an d'Haus gaange waren. Et denkt net un den Hoppsi, deen an der gemulchter Buedemsträif leie bliwwe war, tëschent Onkraut an diere Blieder. Et rennt erop a seng Kummer, geheit sech op d'Bett a kräischt.

D'Marielle geet hannert de Pompjee-Ambulancieren, déi d'Brëtsch droen, an et léisst d'Mia bis bei d'Ambulanz net aus den Aen. Méi kann et lo net maachen, wéi sengem Meedchen iwwert seng Blécker Kraaft mat op de Wee ze ginn. D'Madamm

Mischels steet op der Hausdier ze virwëtzen. Si freet, ob se d'Madamm Dorbach an d'Klinick féiere soll. D'Marielle seet, dat wär léif, dass se freet, hatt géif mam eegenen Auto dohi fueren. An der Ambulanz wär nach eng reglementär Plaz fräi, krut et gesot, awer d'Marielle fiert léiwer mam Auto, et ass jo net wäit.

Et muss seng Gedanke sënneren a konzentréiert bleiwen. Et iwwerleet, wat et alles fir d'Mia an d'Klinick misst mathuelen, awer dofir wär och nach muer Zäit. Et ka lo net ze vill träntelen. Et däerf och net un d'Rentrée denken. Iwwermuer fänkt nämlech d'Schoul un. D'Gedanken, déi et sech ëm de Schoulufank mécht, trieden an den Hannergrond a sinn net sou wichteg. Et geet elo ëm d'Mia. Ech däerf net a Panik geroden, denkt d'Marielle. Ech muss meng Gedanke sënneren. Alles gëtt nees gut ... Et géif villes anescht ginn. Ee Gléck war et mam Monique, senger Frëndin an och geschwënn nees senger Aarbechtskolleegin, schonn den Dag virdrun hir Klassesäll amenagéieren an d'Aarbechtsmaterial araumen. Wéi geet et lo weider? ... Ech muss kucken, wéi ech mech arrangéiert kréien. Ech kéint meng Mamm froen, den Yves kéint sech fräihuelen, well et ass net gutt, wann ech den éischten Dag feele géif a wa schonn e Remplacement misst organiséiert ginn. Wann et net aneschters geet, misst et dann awer e Remplaçant oder eng Remplaçante aweien, an dat wär zimmlech komplizéiert an zäitopwänneg ... Ech däerf mer dach lo net de Kapp iwwert sou Saachen zerbriechen. Keng onnëtz Gedanke méi! Méi wichteg ass et, zu all Moment beim Mia an der Klinick kënnen ze sinn. Ech muss och nach dem Isabelle, dem Mia senger neier Joffer, uruffen. Wéi schued, dass d'Mia säi Schoulufank verpasst, dobäi hat et sech dach esou op seng nei Schoul gefreet ...

D'Marielle brauch e klore Kapp ... Elo muss et fir d'alleréischt dem Yves Bescheed soen. Wéi si sech déi nächst Deeg organiséieren, gesi se spéider zesummen.

Et däerf um Handy net ze vill beonrouegt kléngen. Et ass séier eppes gesot, dat méi opreegt, wéi et néideg ass. Et seet sengem Mann kuerz wat geschitt ass. Neen, hie sollt sech lo mol keng Suerge maachen. D'Mia wär mat der Ambulanz an d'Klinick gefouert ginn, hatt géif gläich mam Auto nofueren an hie soll sou séier wéi méiglech dohi kommen. Mam Bus, mam Taxi, et kéint een hie féieren … hatt wéilt net gär aleng sinn.

Op deenen Deeg, wou d'Mënschen nëmme mat sech beschäftegt sinn, kënnt et vir, dass Petzien iwwersi ginn. Obwuel d'Mia an den Hoppsi bis op dësen Dag praktesch onzertrennlech waren, wäert den Hoppsi eng Zäit vum Meedche getrennt bleiwen. D'Deeg kënne sech un näischt erënneren. Si sinn net gespréicheg. Si maache sech och keng Gedanken driwwer, wéi laang d'Mia an der Klinick bleiwe muss. D'Zäit huet kee Matgefill, kee gutt a kee schlecht Gewëssen a weess weeder eppes vu Viraussiicht, nach vun Hoffnung.

15

Eng Woch ass laang. Tëschent de Seancë ginn ech vun anere Saachen ofgelenkt. Ech spieren, datt ech mech net méi sou zréckzéien, wéi ech dat déi lescht Jore gemaach hunn. Ech hat keen TikTok, kee Snapchat, war net op Instagram. Wann et mech an der realer Welt net richteg gëtt, firwat soll ech dann an de soziale Medien existéieren? Mech huet keen interesséiert. An déi aner waren net u mir interesséiert. Sou einfach war dat. All wëlle se sech e gudden Numm maachen. Dat hunn ech net gebraucht. Ech hat jo mol eng Zäit keen. Ech hu mech aus allem erausgehalen, mech an näischt agemëscht. Ech sinn net gemobbt ginn. Ech sinn net opgefall. An der Schoul si se mer all aus de Féiss gaangen. Ech hinnen och. Ech sinn a Rou gelooss ginn. Ech konnt kee méi riicht an d'Ae kucken. Ech hu kengem méi getraut. Och mir net. Elo fänken ech sou lues un, méi aktiv ze ginn a Kontakt ze sichen, am echte wéi am digitale Liewen.

Meng Gespréicher mat der Madamm Wallmer doe mer gutt. Ech mierken dat. Si hat gesot, ech géif lues a lues mäi bannenzegt Gläichgewiicht erëmfannen. Et geet mer scho vill besser. Ech hat dat am Ufank net gemengt, awer et stëmmt, datt déi Eenzeltherapie mer nei Weeër opweist. Ech gleewen nees u mech. Ech sinn nees ech. En Ech packt et net aleng. En Ech brauch heiansdo Hëllef. Engem Ech aleng feelt de Mir. Ech muss nach ëmmer un d'Sandrine denken, wéi hatt mer geholleft huet. Ech erzielen him heiansdo vu menger therapeutescher Hëllef. Firwat wollt ech him ni eppes erzielen? Dofir gëtt et dach Frëndinnen.

Ech war am Cycle Véier-Zwee, wéi et mer bewosst gouf, datt ech et bal dräi Joer vergiess a komplett verdrängt hat. An de Sciences humaines et naturelles stoung am Ufank vum Schouljoer am Kapitel

Der Mensch d'Pubertéit, d'Frëndschaaft, d'Zäertlechkeet, d'Léift an d'Koppel um Programm. Eis Léierin, d'Madamm Wolsfeld, huet eis d'Geschlechtsorganer erkläert, vum Zyklus an dem Eesprong geschwat a gesot, wéi een d'Risiken, déi mat der Sexualitéit verbonne sinn, erkennt a wéi ee léiert, dës Risiken ze vermeiden. Ech ka mech nach gutt un d'Iwwerschrëft, déi si op d'Tafel geschriwwen hat, erënneren. *Mein Körper gehört mir.* Si sot, jiddereen ass Chef iwwert säi Kierper, well all Mënsch hätt Recht, selwer iwwert säin eegene Kierper ze bestëmmen. A wat d'Madamm Wolsfeld eis méi erkläert huet, wat et mer wärend dem Unterrecht lues a lues méi kloer ginn ass, wat mir geschitt war. Si sot, et wär wichteg, tëschent gudden a schlechte Gefiller z'ënnerscheeden. Wann een en Nee-Gefill beim Kontakt mat enger Persoun huet, däerf een dat net fir sech behalen an et soll een Hëllef froen. Et géifen nämlech gutt a schlecht Geheimnisser ginn. E gutt Geheimnis léist gutt Gefiller aus. E schlecht Geheimnis léist schlecht Gefiller aus. Dowéinst kann dat eng Belaaschtung sinn an et fillt ee sech onwuel. Wann een eng Kéier e schlëmmt Nee-Gefill bei enger Persoun hat, sot se, soll een dat op kee Fall fir sech behalen, och wann ee vun där gerode kritt, näischt dovun ze verroden. Déi Persoun huet eng Strofdot begaangen an et misst een doriwwer mat enger Vertrauenspersoun schwätzen. Vun deem Moment un, wou se dat gesot hat, war ech net méi richteg *ech*. Wéi op enger verwackelter Foto. Oder wéi wann ee mech aus enger Foto erausgeschnidden hätt an ech hätt den Halt verluer. Mäi Papp hat net gesot, et wär eist Geheimnis. Dorun hätt ech mech erënnere kënnen. Dat schlëmmt Geheimnis war maint aleng an et ass maint aleng bliwwen. Vun deem Dag un, op deem et mer sou richteg bewosst gouf, wat geschitt war, sinn ech d'Ouninumm ginn. Et war dem Sandrine, menger deemoleger Bänknopesch, souguer nom Cours opgefall, well et gefrot hat, ob et mer net gutt wär. Ech hat bal keen Toun méi erauskritt. Ech hunn am Gank mol keng Stëmme méi richteg héieren. Et hat e béist Wiese bei mir bannendran op e Knäppche gedréckt an alles ronderëm war ausgeschalt. Et war e komescht Dausche bliwwen. Ech war eng Zäit laang wéi geläämt. Mäi Kierper huet sech zesummegezunn. Ech hu mech sou enk a mengem Kierper gespuert. Meng Haut ass méi zéi ginn. Dat war wéi e Schutz. Kee verletzt mech méi. Wann ee mech verletzt, da sinn ech dat selwer. E Verletzte jäizt entweeder ganz haart oder e jéimert ënnerlech. Ech hunn nëmme banne gekrasch. Mäin Ziddere war e bannenzegt Kräischen.

Ech sëtzen an deem klenge Virraum ze waarden. Do leien Zäitschrëften, Pëselen, Wierfel- a Kaartespiller, en Domino an e Gemblo fir sech d'Zäit ze verdreiwen. No fënnef Minutte rifft d'Madamm Wallmer mech eran. Si entschëllegt sech fir d'Verspéidung. Si hat net mat deem Telefonsgespréich gerechent. Am Fong geholl bräicht si sech net z'entschëllegen. Ech hat mer geduecht, do war eng Persoun, déi wéi ech Hëllef brauch an dofir hat d'Madamm Wallmer net op d'Auer gekuckt.

Si fänkt gläich un.

Och wann ech mech net méi genee un dat erënneren, wouriwwer mer déi leschte Kéier geschwat haten, d'Madamm Wallmer erënnert sech drun. Dat huet eppes mat hirem gudde Verhalt ze dinn. Si erkennt d'Zesummenhäng gutt, obwuel si sech net vill Notize mécht.

– Déi leschte Kéier has de mer vum Accident erzielt. Du wollts dir d'Schold ginn, well s de net dru geduecht has, dem Mia den Hoppsi ofzehuelen. Wëlls de do weiderfueren?

– Ech hu mech entschëllegt.

– Wéini?

– Den Owend nom Accident. Do sinn si mam Auto heemkomm. Ech sinn erof an hir Garagenafaart gelaf. D'Marielle ass mam Auto stoe bliwwen, huet d'Säitefënster opgemaach, an ech hu gläich gesot: Et deet mer leed. Ech konnt net dofir. Ech hunn

dem Mia nach eng gutt Besserung gewënscht. An ier ech fortgelaf sinn, do.
– Wat ass? Firwat fiers de net weider?
– Do huet den Här Dorbach och zu senger Säit d'Fënster opgemaach a mer nogeruff: „Du häss besser op d'Mia oppasse sollen." Dat huet mer ganz vill ausgemaach. D'Marielle sot eppes, dat ech net verstanen hunn. Ech konnt déi Nuecht guer net schlofen. Ëmmer déi Stëmm a mengem Kapp: „Du hues net gutt opgepasst. Du hues net gutt opgepasst."
– Waars de d'Mia dann eemol besichen?
– Dat wollt ech se froen, wéini ech bei et goen däerf. Dofir sinn ech jo nach eng Kéier owes bei si eriwwer gaangen. Ech sinn net schelle gaangen, aus Angscht, et géif kee mer opmaachen. Hat ech Iech gesot, dass ee vun eisem Gaart an hire kënnt?
– Wéi dann?
– Duerch e Lach am Drot.

Ech erënnere mech lo un deen Owend, wou ech mech bei si getraut hat. Et war zimmlech kal. Ech hu mech duerch d'Spléck am Drot geschlach. Et ass jo net meng Schold, dass den Drot nach net gefléckt ass. Dat Lach huet jo nach fir eppes gutt misse sinn.
– Ech sinn op hir Terrass gaangen an hu widdert d'Schibeféster getéckt. Ech gesinn si do sëtzen. D'Marielle kënnt bei d'Fënster a wëllt s'e Stéckelchen opzéien. Den Här Dorbach wëllt net.
– Huet en eng Ursaach gesot?
– Et géif ze kal ginn, mengen ech ... „Ech muss mat iech schwätzen", ruffen ech. Ech muss lo den Här Dorbach nomaachen. Ech verstelle meng Stëmm a soen an engem strengen Toun: „Komm net duerch de Gaart bei eis eriwwer!" Dann nees ech a menger Ech-Roll: „Ech muss mat iech schwätzen. Da loosst mech dach eran! Et ass net fir laang." Ech maachen nees e Stëmmewiessel: „A wat seet deng Mamm dann dozou? Kënns einfach esou bei eis op d'Terrass ... Normalerweis schellt een un der Dier." Ech maachen elo dem Marielle seng Stëmm no a soen: „Connie, lauschter! Et

ass net de richtege Moment. Mir hu lo aner Suergen" … Wéi hatt dat sot, war ech richteg enttäuscht an hunn, mengen ech … jo … do hunn ech ugefaange mat kräischen. Ech war richteg traureg.
– Well och d'Marielle dech net wollt eraloossen.
– Ech mengen, hatt sot nëmmen esou. Et hätt mech gär eragelooss. Hatt konnt mech net bei sengem Mann zou eraloossen.
– Kenns du déi zwee sou gutt?
– D'Marielle war jo net rosen iwwert mech, mee säi Mann. Deen huet gemengt, ech hätt net gutt op d'Mia opgepasst.

Ech maachen eng Paus a muss un den Hoppsi denken.
– D'Marielle konnt sech denken, wéi et geschitt war … Deemno wou d'Marielle den Hoppsi am Gaart fonnt hat …
– Dann?
– … da weess et, e war dem Mia aus der Hand gefall … Ech hu gespuert, datt hatt mech a Schutz wollt huelen.
– Si hate jo och hir Suergen … wéinst dem Mia.
– Haalt Dir lo zu hinnen? … A meng Suergen, ginn déi keen eppes un?
– Dat hat ech lo net sou gemengt. Ech versiche mech an hir Haut ze versetzen.
– An a meng Haut wëllt ni ee sech versetzen.
– An dunn? Wéi hues du reagéiert?
– Ech hu geruff: „Wann dir mer net hëlleft, wien dann?" … Ech war jo net wéinst deem blöden Hoppsi bei se gaangen. Ech hu mech ëmgedréint a si fortgerannt. Doheem war ech rosen.
– Firwat?
– Ech hat net gefrot, ob ech d'Mia eng Kéier an d'Klinick besiche kéint goen. Dowéinst war ech zwar och frou, well den Här Dorbach hätt mer et dach souwisou verbueden.

Ech gi mech op de Schaukelstull sëtzen. Virdrun entschëllegen ech mech gedanklech nach bei de Petzien, well ech ee vun hire Frënn blöd genannt hat.
– Vläicht hunn si sech duerno wéinst menger gestridden.

– Wéi mengs de dat?
– Vläicht wollt hien net méi, dass ech bei si riwwer ginn. ... Ech hu gewaart, bis säi Mann eng Kéier net doheem war.
– An do bass du eriwwer gaangen.
– Ech wousst, hatt géif mer nolauschteren. An deen Owend hunn ech mer d'Hoer geschnidden.
– Dat war deen Owend, wou s du ophale wollts, d'Ouninumm ze sinn.
– An do konnt ech dem Marielle alles soen. Ech hat jo laang op deen Dag gewaart. Dat hat ech jo schonn eng Zäitche wëlles. Ech war mer sécher, datt hatt mech net heemschéckt.

D'Madamm Wallmer kuckt op d'Auer a laacht komesch. Et ass e verleeënt Laachen, wéi wa se den Zären net traue géif.
– Da war dat deen Owend wéi eng grouss Befreiung.
– Jo ... hmmm ...

Ech zécken, well ech fäerten hir ze soen, dass ech dräi Deeg duerno awer nees d'Ouninumm gi sinn ... Oder schummen ech mech, doriwwer ze schwätzen? Wéi ech bei d'Klunsch gaange sinn. Owes spéit. Wéi ech eppes Schreckleches wollt maachen. Wéinst menger Mamm. Ech weess nach, dass Vollmound war.

D'Madamm Wallmer deet mech Ouninumm op e Blat schreiwen. Ech kennen hiren Hannergedanken. Ech schreiwen den Numm mat grousse Buschtawen ... OUNINUMM ... an dann deet si mech d'Blat an e puer Stécker zerrappen. Déi Stécker zerrappen ech esou dacks, bis nëmmen nach Schnëppelen iwwregbleiwen. Eng Kéier muss Schluss sinn. Eng Kéier ass och Schluss.

D'Madamm Wallmer schäert d'Schnëppele mat der Hand vum Dësch zesummen a stécht s'an eng Titchen. Si seet, ech soll se mathuelen a versuergen.

Am Bus iwwerleeën ech, wat ech mat där Titche maache soll. Ech streeën d'Schnëppele vläicht eng Kéier bei eis am Gaart bei de Quetschebam. Wäisse Konfetti. Ech kéint s'am Mia senger Sandkaul vergruewen ... Neen, ech versuerge se. Wann déi nächste Kéier Vollmound ass, da geheien ech s'an engem grousse Gest heemlech beim Mia senger Klunsch an d'Lut. Wéi bei enger feierlecher Zeremonie. Nëmmen de Vollmound wäert da wëssen, datt dat zu sengen Éiere geschitt.

.

16

D'Marielle hat dem Yves eng SMS geschéckt, fir him matzedeelen, datt et an der Salle d'attente vun der Policlinique neurologique op hie géif waarden. Op all Geräisch war et extrem opmierksam: op e Code, deen agetippt gëtt, op eng ondäitlech Stëmm vun hannen am Gank, op eng Dier, déi op- an zougeet, op eng plastiks Fläsch, déi anzwousch an d'ënnescht Gefaach vun engem Gedrénksautomat fält, op d'Quiitsche vun de Schongsuele vun den Infirmieren an den Infirmièren. Fir net ze vill mat sech beschäftegt mussen ze sinn, léisst et sech oflenken.

Wann s d'an der Klinick laang waarde muss, da ginn der honnert Froen duerch de Kapp. Et gëtt ee sech selwer d'Äntwert, et gëtt nees alles gutt, am Bléck vun deem Infirmier läit dach Zouversiicht, soss häss de dach net sou fréndlech Bonjour gesot kritt, an déi Dier, déi lo opgeet, ass och e gutt Zeechen, an dee grousse Container mat der propperer Spidolsbettwäsch dran, dee lo laanscht rullt, ass nach méi e positiivt Zeechen, an deen Dossier, deen déi Infirmière do am Grapp hält, ass dengem Kand säin an do dra läit en zouversiichtleche Rapport médical aus net ze vill komplizéiertem Fachjargon. Hannert all klengen Detail gesäit et eng gréisser Bedeitung. All Klengegkeet gëtt zum Gudden interpretéiert.

Den Yves, dee séier mam Taxi an d'Klinick komm war, fält dem Marielle an d'Äerm a si bleiwe laang esou widdertenee gedréckt stoen. D'Marielle mécht dem Yves e kuerze Bericht an dobäi iwwerspillt et seng bannenzeg Opreegung sou gutt wéi méiglech. Aus dem Yves sengem Nofroe si kleng Usätz vu Virwërf erauszehéieren, an zwar vun där Zort Virwërf, déi eng Persoun nëmmen da ka maachen, wann se selwer net op der Plaz war.

Si ginn allen zwee vum Geräisch vun enger Dier ofgelenkt, déi automatesch opgeet an dann nees zoufält.

„Dir sidd d'Eltere vum Mia? Ech sinn de Médecin urgentiste."

Si stelle sech vir.

Den Dokter Bregler seet hinnen, hir Duechter hätt eng Bluttanalys gemaach kritt, de Bluttdrock an den Zocker wäre gemooss ginn, an duerno hätte se dem Meedchen „en Total Body Scanner vum Kapp, der Wirbelsail, dem Broschtkuerf an dem Becke gemaach.

„De Radiolog huet mer d'Biller gewisen. Dir braucht Iech keng Suergen ze maachen."

D'Marielle an den Yves sinn erliichtert.

„Äert Meedchen huet eng liicht Gehirnerschütterung", fiert den Urgentist weider. „Et ass net schlëmm. Hatt ass nach schléifreg. Et huet sech missen iwwerginn an et ass him nach liicht schwindeleg. Et krut eppes géint de Wéi. Et weess net sou richteg, wou et ass an och net wat geschitt ass."

D'Marielle an den Yves bekucke sech ganz besuergt.

„Et ass dacks esou, datt ee sech net méi un dat erënnert, wat kuerz virum Hirntrauma geschitt ass an och net un dat kuerz duerno. Mir hunn d'Ausmooss vun der Verletzung evaluéiert. Um Scan ass näischt z'erkennen, wat op eng Gehierbludding schléisse léisst. D'Schléifregkeet an d'Schwindelgefill sinn an sou Fäll normal. Et ass elo am Schockraum …"

Bei deem leschte Wuert fiert den Elteren de Schreck an d'Glidder. Den Urgentist muss se berouegen.

„D'Patiente bleiwe sou laang am Schockraum, bis hiren Zoustand sech stabiliséiert huet. Ärem Kand seng Wäerter si stabil. Et muss awer nach iwwerwaacht ginn."

„Däerfe mer bei et?"

„Nëmme kuerz."

D'Mia läit mat den Aen zou am Bett an enger vu wäisse Riddoe getrennter Box, mam Kittel un. Häerzmonitor, Baxter, Schläich a Kabelen. Den Yves fiert ganz duuss mat der Hand iwwert dem Mia seng Stier, d'Marielle heemelt dem Mia seng Hand, déi aus der Decken erausluusst. Um Monitor kënne se dem Mia seng reegelméisseg Häerzschléi erkennen.

„Mir sinn et. D'Mamma an de Pappa."

D'Mia kuckt schléifreg, otemt lues.

D'Marielle an den Yves drécken dem Mia e Kuss op de Bak a gi gläich nees mam Urgentist eraus.

„An zwou bis dräi Stonne kënnt Äert Meedchen an d'Rea. Do wäert et iwwer Nuecht bleiwen. Muer de Moie misst et komplett wakereg sinn. Da kënnt et op de Stack vun der Pediatrie. Do kann et da recuperéieren."

Eng wichteg Fro brennt dem Marielle op der Zong: „Däerf ee vun eis hei bleiwen?"

„Jo, déi Méiglechkeet besteet."

Si gi vun enger Infirmière, déi mat enger grousser Plastikstut mat der Opschrëft *Patienteneigentum* a mam Numm vun der Klinick erakomm ass, ofgelenkt.

„Dem Mia seng Saachen, déi et unhat."

„Merci", seet d'Marielle. „Ech bréngen him frëscht Gezei."

„Muer geet et him scho vill besser. Dir musst lo Gedold hunn."

D'Infirmière gëtt vum Urgentist op de Wonsch vun der Mamm, wat d'Schlofgeleeënheet betrëfft, ugeschwat. Si renseignéiert sech gläich beim Service des lits. Do heescht et, si géifen der Mamm e Relax an en Zëmmer vun der Pediatrie stellen, an dat d'Mia muer de Moie verluecht gëtt, et géif gläich eent fräi ginn, um Stack wéisste se geschwënn, wat fir eent.

D'Marielle an den Yves fuere fir d'alleréischt mol nach kuerz heem. Si sinn an hire Gedanke verdéift, am Verschaffe vun Andréck, Suergen an Ängschten. Beim Marielle iwwerwiegt dat gutt Gefill, dass et iwwer Nuecht an der Klinick bleiwe kann. Den Urgentist hat Recht, wéi e gesot hat, si bräichte Gedold. Et war e schwaachen Trouscht an trotzdeem eng net onwichteg verbal Stäip fir déi nächst Deeg. D'Marielle géif dem Mia déi wichtegst Saache mathuelen. Fir sech muss et just dat Allernéidegst fir eng Nuecht apaken. A gläich kéint den Yves hatt nees an d'Klinick féieren.

Den Yves féiert e kuerzt Telefonsgespréich mat engem Client, fir sech z'entschëllegen, dass hien de Rendez-vous huet missen ofsoen. Si leeën en neien Termin fest. D'Marielle, um Steierrad, ass ënnerlech rosen, dass hie gläich an dat Berufflecht flücht. Mee hatt mécht sech jo och op deem Plang Suergen. Et bereet sech mental op d'Uriff, déi et den nächste Moie misst féieren, vir. Ee Gléck ass fir d'Rentrée iwwermuer sou wäit alles virbereet an hatt muss sech muer de Moien net schonn den éischte Schoul-dag ofmellen.

Wéi hatt an d'Garagenafaart eroffiert, taucht d'Connie op ee-mol op, wéi aus dem Näischt. Op eemol stoung hatt do. Et hat bestëmmt déi ganzen Zäit bei der Stuffefënster op si gelauert. D'Connie ass ganz opgereegt. Hatt entschëllegt sech, wënscht dem Mia eng gutt Besserung a fort ass et nees. Den Yves rifft him no, et hätt besser oppasse sollen. „Dat häss de net misse soen", seet d'Marielle an engem virwërfsvollen Toun.

D'Marielle geet an dem Mia seng Schlofkummer. Et hat op eemol eng Angscht, déi schwéier ze beschreiwen ass, well et déi Zort vun Angscht ass, déi nëmmen Eltere kënne kréien, wann se hiert Kand an der Klinick musse loossen a wann se dat Aller-schlëmmst fäerten. Hatt huet dat ängschtlecht Gefill trotz dem Urgentist senge Wierder net ganz aus sengem Kapp verdriwwe kritt. Et mécht de Kleederschaf op. De Schaf ass an zwee gedeelt. Op der lénker Säit sinn d'Etagèrë mat de T-Shirten an de Shor-ten, de Pulloveren, de Sweatshirtjacketten, de Pyjamaen. An dem rietsen Deel vum Schaf hänken d'Räckelcher, d'Blusen, d'Juppen an d'Salopetten. Et hëlt dem Mia säi wäissen, wëllene Liblings-plower mat de gëllene Pailletten eraus, dréckt seng Nues an déi muusseg Woll mam séisse Fréijoersgeroch vum Weichspüler, deen nach net ganz verflunn ass, an otemt de Geroch déif an.

Den Yves luusst kuerz an d'Kummer. E wëllt d'Marielle froen, ob et iwwerhaapt wéisst, a wat fir enger Situatioun een esou eppes mécht, wat hatt grad amgaang wär ze maachen. Dat mécht een dach an enger vill méi dramatescher Situatioun wéi déi, an där si grad sinn. E freet dat awer elo net. En dréckt d'Marielle fest widdert sech a seet, et sollt elo un näischt Schlëmmes denken, den Dokter war dach zouversiichtlech gewiescht. En erënnert sech un déi Zäit, wou säi Papp mat där schwéierer Krankheet an der Klinick louch, a wéi hien a seng Mamm ëmmer op den nächsten Dag, op déi nächst Analys, op dat nächst Traitement an op déi nächst Wäerter vertréischt goufen a wéi et ëmmer geheescht huet, si misste Gedold hunn an dierften d'Hoffnung net opginn. Bis et enges Daags mat der Hoffnung eriwwer war. Säi Papp hat laang géint d'Krankheet gekämpft, awer déi war méi staark wéi hien. Dat war virun aacht Joer, do ware si schonn ee Joer bestuet, an d'Marielle war eng moralesch Stäip fir säi Mann.

Am Fong geholl hätt et dem Yves selwer an dësem Moment gutt gedoen, wa seng Fra versicht hätt, him seng eegen Zweifelen aus der Welt ze schafen a wann hie vun hir berouegt gi wär. Esou suergefräi wéi e sech senger Fra weise wëllt, ass en net. Besonnesch wéi e fir e kuerze Moment drun denkt, wéi et him dann zumutt wär, wann trotz dem Dokter senge berouegende Wierder nach mat schlëmmen Nowierkunge beim Mia ze rechne wär. E steet do senger Fra nozekucken an en hätt am léifsten och e Kleedungsstéck vum Mia aus dem Schaf geholl an dru gericht, egal wéi d'Situatioun lo war, dramatesch oder net.

D'Marielle peekt dem Mia seng Saachen an eng kleng Walliss. Zwee frësch Pyjamaen, Handdicher, Läppercher, säi klengen Trousseau – Liblingszännbiischt mat der Ventous, Seef, Zännpasta, Biischt. Wat hatt fir eng Nuecht brauch peekt et an e Sportskuerf. Et léisst sech net vum Yves dierängelen. Dee steet do an tuppt mam Fanger op seng Aarmbandauer. Hatt muss awer nach séier eng Wäsch lafe loossen. Et kann d'Kleeder, déi d'Mia beim Accident unhat, net an der Plastikstut loossen. Et hëlt s'eraus a stécht s'an d'Wäschmaschinn. Et seet dem Yves, e soll onbedéngt drun denken, d'Kleeder erauszehuelen a s'opzehänken.

17

Um Wee fir heem kann ech net einfach esou ofschalten. Ech huele meeschtens nach Gedanken aus dem Therapiezëmmer mat an de Bus a mat heem. Gedanke loosse sech gutt transportéieren. Si si wéi Gepäck, dat een ëmmer bei sech dréit. Si ginn iwwerall mat. Elo fuere se mat mer. Wann net vill Leit am Bus sinn, kann ech weider iwwerleeën. Wann de Bus voll ass, dann ass e mat de ville Gedanke vun de Passagéier gefëllt, a meng eege kënne sech dann net sou fräi entfalen. Et ass net wéinst dem Kaméidi am Bus. D'Leit si meeschtens roueg. Heiansdo mengen ech nämlech, wa vill Leit mateneen denken, géifen hir Gedanken ofhuelen. Haut ass de Bus bal eidel. Wëllt en, datt ech a Rou iwwerleeë kann?

Nodeems et mer bewosst war, wat mäi Papp gemaach hat, war et kloer, datt ech net méi bei hie goe wollt an ech hu mech ëmmer missen dozou iwwerwannen. Ech hunn d'Roll vum granzegen a schlecht gelaunte Meedche gutt gespillt, an de Max huet et auszedrénke kritt. Et war bal net auszehalen. Ech hu versicht, och d'Ouninumm an där Wunneng ze sinn, fir net ze vill opzefalen. D'Wunneng ass mer ëmmer méi friem ginn. Ech wollt net, datt e mech eppes freet. Ech wollt net, datt en eppes mat eis ënnerhëlt. Ech kann et bal net gleewen, dass et him net opgefall war, wéi ech mech verännert hat, en huet och vläicht mäi Verhalen op d'Pubertéit zréckgefouert, wéi wann Hormoner eng Erklärung fir alles wieren. De Max huet nëmme Filmer bei him gekuckt. Ech hu se mat him gekuckt, blöder, flotter, kannerecher, spannender, rëffeger. All Film, all Serie war gutt fir mech ofzelenken. Mäi Brudder huet mech och mol gezwongen, Horrorfilmer mat him ze kucken. Am Ufank wollt ech net. En huet gesot „Du muss s'e puermol kucken, da vergeet der d'Angscht. Du muss eng Kéier ufänken." Do hunn ech ugefaangen, e puer ganz grujeleger ze kucken. Am Ufank ass et wierklech schlëmm. Meng Angscht ass bei jiddwer Kéier méi kleng ginn. Ech konnt mer net virstellen, datt Angscht eppes Schwéieres wär a wéi e Kierper u Gewiicht verléiere kéint. Meng Angscht huet tatsächlech lues a lues ofgeholl. Well mer ëmmer vill Chipsen giess haten, hunn ech missen oppassen, fir selwer net ze vill bäizehuelen. Aleng hätt ech keng Filmer bei mengem Papp gekuckt. Ech war frou, datt ech ëmmer mam Max bei him war. Et ass net einfach, wa Brudder a Schwëster sech eng Kummer mussen deelen. Mir hu sou gutt wéi méiglech versicht, eis net ze vill op d'Nerven ze goen. Vill matenee geschwat hu mer net. Ech konnt dem Max näischt vu mir erzielen. Dat hätt e vläicht interesséiert, méi iwwert seng eege Schwëster gewuer ze ginn, awer ech wollt e mat menger ganz perséinlecher Ugeleeënheet verschounen.

   Nodeems ech ausgesot hat, hunn ech mech déi ganzen Zäit gefrot, ob mäi Papp och misst aussoen. Hie misst dach vun offizieller Säit – wéi soll ech soen – zur Rechenschaft gezu ginn. Sou wéi et vun offizieller Säit geheescht hat, meng Mamm misst a mengem Fall d'Demarche maachen. A wat geschitt a sengem Fall? Wien ënnerhëlt dann do d'Demarchen?

Et klammen zwou Persounen op der virleschter Haltestell an de Bus. E klenge Bouf a seng Mamm. De Jong huet e Stoffdéier am Grapp, en Teddybier. Ech hat si scho mol gesinn. Ech laachen dem Bouf. Hie kuckt esou iwwerrascht, wéi wann aus menger Hand eng Zaubermënz verschwonne wär. Soll hien nach ni vun engem anere gelaacht kritt hunn? Elo laacht e mer ganz frëndlech. Seng Mamm hat et gesinn a kuckt hie béis. Ech maache senger Mamm hire Bléck no. Lo muss de Bouf eréischt richteg laachen.

   Vläicht huet dat schlëmmt Geheimnis, dat ech a mer sëtzen hat, sech schonn éischter zu Wuert gemellt. Viru menger Ouninumm-Zäit. Awer seng Stëmm war sécher ze lues. Si wollt mech net erféieren, ech war jo och méi kleng an ech hu se nëmme pësperen héieren oder ech hunn net richteg verstanen, wat se mer soe wollt. Ech mengen nämlech, dass Geheimnisser eng Stëmm hunn. Déi eng verstelle sech, fir net opzefalen, déi aner si méi lues, dat hänkt dovun of, wéi schlëmm d'Geheimnis ass. All Mënsch huet Geheimnisser. Gudder a schlechter. Schéiner a schlëmmer … Meng Mamm seet mer hir net. Huet si der Madamm Welfring wéinstens alles gesot? … Hoffentlech. Wat war zum Beispill de wierkleche Grond vun der Scheedung? Et ass am Juli 2014 geschitt. Do hat ech aacht Joer. Wéini huet mäi Papp sech vu menger Mamm getrennt? Ee Joer duerno? Zwee Joer? … Meng Elteren hate sech d'Garde opgedeelt. Ech sinn dunn och schonn net méi gäre bei mäi Papp gaangen. Dat weess ech. Firwat? Ech weess net méi, wat déi wierklech Ursaach dofir war. Mäin Zäitgefill léisst mech am Stach. War et no der Scheedung oder nodeems et mer bewosst gouf, wat geschitt war? Ech weess net, ob et en Zesummenhang tëschent deenen zwou Saache gouf. Hat déi eng eppes mat där anerer ze dinn? Wat war dann déi wierklech Ursaach vun der Scheedung? Hat ech mer Virwërf gemaach, wéi si sech getrennt hunn? Ech weess et net méi. Ech hat mer dach näischt virzewerfen. Ech weess nëmmen, dass ech trauereg an onglécklech war … Ech hätt si net dorun hënnere kënnen sech ze trennen. All Kand géif an sou engem Fall vläicht gären hëllefen, awer et kann net. Ech mengen nëmmen, dass ech schonn deemools gespuert hat, dass mäi Papp un eppes Schold war. Hat ech mech duerfir net méi wuel a menger Haut gefillt? Vläicht hat meng Mamm sech vun him getrennt, well si sech bei him net méi wuel gefillt huet. Hat si e Verdacht an huet et net fäerdegbruecht, hire Mann drop unzeschwätzen?

De Bus ass op menger Haltestell ukomm. Ech gi laanscht de Bouf a seng Mamm. D'Stoffdéier sëtzt op dem Bouf senge Knéien.

„Wéi heescht en?", froen ech de Bouf.

„Baloo", äntwert hien an dréint ganz houfreg dem Bier seng Schnuff a meng Richtung.

„Pass gutt op en op!"

„Jo", seet de Bouf an dréckt de Bier fest widdert sech. Seng Mamm bekuckt mech zimmlech onfrëndlech. Dobäi hat ech hirem Bouf dach just e gudde Rot ginn.

Ech klammen aus dem Bus. D'Mamm an de Bouf mam Petzi si sëtze bliwwen. Ech gesinn, wéi de Bouf mer wénkt. Ech schécken him e Kuss. Nëmmen hien an de Baloo hunn et gesinn. Nëmmen de Bouf muss grinsen.

Um Wee fir heem froen ech mech, firwat ech ni e Petzi hat. Ech bedaueren dat elo, well ech mengen, e Petzi hätt mer vill hëllefe kënnen. Ech hätt him alles erziele kënnen, en hätt mer nogelauschtert, en hätt mech getréischt. Bei him hätt ech déi richteg Wierder fonnt. Da wär hien alles gewuer ginn. Wär mir da gehollef gewiescht? … Oder hat ech awer ee Petzi a meng Mamm huet en ewechgehäit? … Neen … Da misst ech mech un en erënnere kënnen. U Plüschdéieren erënnert ee sech dach. Firwat hunn déi erwuesse Leit keng Plüschdéiere méi? … Oder hunn se der nach? Déi, déi se schonn als Kanner haten oder ganz neier? Anerer? Brauche se keng méi? Oder schumme se sech mat engem Petzi? Vill Leit soen dach, si wäre gären nees wéi Kanner.

18

Um Wee fir op de Stack vun der Rea versicht d'Marielle sou gutt wéi méiglech, seng negativ Gedanken auszeschalten an optimistesch ze bleiwen. Am Lift hat et e Bléck an de Spigel gewot. Wujeleg Hoer a Reefer ënnert den Aen. Gläich nodeems et gëschter Owend spéit an d'Zëmmer vun der Pediatrie komm war, hat et seng Saache fir eng Nuecht aus dem Sportskuerf ausgepaakt an dem Mia seng aus der klenger Wallis ageraumt. No enger kuerzer Owestoilette hat et sech gläich an de Relax geluecht. Et hat net vill ze schlofe kritt, well et huet einfach kee gudde Leeër fonnt. Et war och e puermol duerch déi verschiddenste Geräischer – Stëmmen, Houschten, Dieren, Schrëtt – erwächt ginn. Wéi et déi éischte Kéier aus dem Schlof gerappt gi war, huet et net gläich realiséiert, wou et war. Zimmlech fréi scho war et dunn opgestanen fir op de Stack vun der Rea ze goen. Do krut et gesot, zwou Infirmièrë wären elo just mam Mia um Wee fir an d'Pediatrie.

Wéi d'Marielle an d'Zëmmer erakënnt, begéint et gläich enger fréndlecher an zefriddener Infirmière, déi amgaang ass, dem Mia d'Temperatur ze moossen.

„Mamma. Do bass de jo."

„Mia, mäi Klengt. Hei sinn ech."

D'Marielle béckt sech iwwert d'Mia, gëtt him e Kuss op de Bak an heemelt et um Kapp. Dem Mia seng Hoer gi ganz wujeleg.

„Lo bass d'awer frou, dass deng Mamma hei ass", seet d'Infirmière a suergt dofir, dass de Kappdeel vum Bett sech e bësschen an d'Lut hieft. Elo läit d'Mia besser, an den opgeklappte Pillem bitt him nach zousätzlech eng gutt Sëtzpositioun.

„Endlech bass du do."

„De Pappa kënnt och nach haut."

D'Mia hieft sech schwéierfälleg, fir seng Mamm fest drécken ze kënnen. D'Marielle réckelt sech e Stull ganz no widdert d'Bett a sëtzt sech. D'Infirmière rullt den Infusiounsstänner méi op d'Säit, d'Infusiounsfläsch ass eidel. D'Mia brauch kee Baxter méi. D'Infirmière zitt him d'Canule eraus. D'Mia verzitt keng Minn, et muss senger Mamm weisen, wat fir e couragéiert Meedchen et ass. D'Infirmière deet déi steril Händschen aus a leet s'an e Bac um Rullweenchen. Si erzielt der Mamm, datt d'Mia déi ganz Nuecht an der Rea duerchgeschlof hätt an et hätt sech och net méi missen iwwerginn. Besser hätt d'Marielle net opgemontert këne ginn.

Wéi si selwer de Moien an de Reanimatiounssall erakomm war, seet d'Infirmière, hätt d'Mia op eemol seng Aen opgemaach, ganz entgeeschtert no lénks an no riets gekuckt, et wär erféiert, wéi et säin Ënneraarm mat der Canule, der Plooschter an dem Baxter gesinn hat an do huet se him missen erklären, dass et gëschter an d'Spidol komm war, well et e klengt Accident gehat hätt. Hatt kéim lo gläich op de Kannerstack, seng Mamma géif schonn do op et waarden.

„An lo gläich kritt et eppes Klenges z'iessen", seet d'Infirmière, geet mam Rullweenchen eraus a wénkt dem Mia Äddi.

„Ech hunn nach ni am Bett giess", seet d'Mia a muss laachen.

Et verzitt säi Gesiicht dobäi, wéi wann et eng sauer Kamell am Mond hätt.

„Hues de nach wéi?"

„E bëssi."

„Wou?"

D'Mia fiert sech mat der Hand, widdert de Kapp.

„Ech hu mer do wéigedoen, an ech weess net firwat ... Mamma, wat ass geschitt?"

D'Marielle erzielt dem Mia ganz roueg, dass et gëschter vun der Klunsch gefall ass an dass d'Ambulanz huet misse kommen an do hätte se hatt an d'Klinick gefouert.

D'Mia kann et bal net gleewen. Et kuckt ganz verwonnert.

„Hues du gesinn, wéi ech vun der Klunsch gefall sinn?"

„D'Connie war bei der am Gaart. Hatt war mech ëm Hëllef ruffe komm."

„Asou."

D'Geräisch vun der Klensch. D'Marielle dréint de Kapp a Richtung Dier a steet op. Säin Häerz klappt méi séier. De Kannerdokter kënnt, begleet vun engem Infirmier an enger Infirmière, eran.

Den Dokter stellt sech vir: „Dokter Louvier, Kannerdokter. Dir sidd dem Mia seng Mamm?"

D'Marielle seet säin Numm. Si gi sech d'Hand. De Kannerdokter mécht dem Marielle en änleche Rapport wéi den Urgentist a seet, datt d'Mia wärend der Nuecht e Baxter mat Flëssegkeet géint de Kappwéi an d'Iwwelzegkeet kritt hätt. Et bréicht lo kee méi awer et misst vill drénken an et bréicht nach vill Schlof. Si wiere frou, datt et keng Lesioun huet.

„Elo wäert et nach e puer Konzentratiounsstéierungen hunn", seet de Kannerdokter.

„Wéi fills du dech?", freet en.

„Ech si midd."

Den Dokter seet, d'Middegkeet wär normal, a well d'Hirnhaut gereizt ginn ass, wär och e liichte Kappwéi typesch. „Dat schwäche mer medikamentéis of."

D'Marielle ass frou ze héieren, datt d'Mia nëmmen e puer Deeg an der Klinick misst bleiwen.

„Zwee bis dräi Deeg, wann alles gutt verleeft."

Knapps ass den Dokter zur Dier eraus, ass d'Mia ageschlof. D'Marielle dréckt him nach en duusse Kuss op d'Stier. Et mécht sech seng Moiestoilette, bleift nach eng Stënnchen am Zëmmer an da geet et e Kaffi an d'Cafeteria vun der Klinick drénken.

D'Boma Georgette hat fir d'Mëttegiesse mat Kéis iwwerbaken a mat Ham agewéckelt Chicone gekacht. Iwwrem Iesse mécht d'Marielle senger Mamm e klenge Bericht vu sengem Besuch beim Mia an dem Gespréich mam Dokter Louvier. Den Yves, deen an der Mëttesstonn heemkomm war, fiert gläich nom Iessen an d'Spidol. Wann et geet, gi se zesummen, wann net, wiessele si sech of. D'Marielle raumt den Dësch of a léisst eng Spullmaschinn lafen.

„Hei muss onbedéngt geraumt ginn", rifft seng Mamm vum éischte Stack erof. D'Marielle geet erop. Seng Mamm reegt sech iwwert den Duercherneen am Mia sengem Zëmmer op.

„Ech hat dach nach keng Zäit fir ze raumen." D'Marielle versicht e rouegen Toun ze behalen. Et lauschtert nëmmen hallef no, wat seng Mamm nach seet. Et huet keng Loscht, sech hir Virwërf unzelauschteren.

Um Spillteppech leien Zeecheschablounen, Faarfstëfter, Pëselstécker, Hoerbännercher, Hoerlastiker, Playmobils-Figure vum Bauerenhaff, hott an har. D'Meedercher, well s'op d'Iddi komm waren, an de Gaart ze goen, haten net opgeraumt. D'Marielle léisst alles esou leien, wéi et do läit. Dat Allerwichtegst ass, d'Mia soll sou séier wéi méiglech heemkommen, an d'Kummer goen a gläich weiderspille kënnen. E fléissenden Iwwergaang, spilleresch einfach.

19

Wéi den Yves an d'Marielle zesummen an der Klinick sinn, wëllt d'Mia vu sengem Papp aus dem *Fluff* virgelies kréien. Den Yves sëtzt sech niewent d'Bett, hält dem Mia d'Buch esou, datt et d'Biller gutt ka gesinn. Den Text kennt e bal auswenneg. E ka sech un déi Plaz erënneren, wou en déi leschte Kéier mam Virliesen opgehalen hat, an zwar op där Säit, wou de Fluff, dee sech net méi genee un d'Stopp vum Proviant erënnere kann, a bei engem Bamstamm buddelt. Den Yves wëllt op där Plaz weiderliesen, awer d'Mia protestéiert: „Net do, wou e buddelt. Du has déi leschte Kéier do opgehalen. Fänk vu vir un!" An dofir fänkt den Yves nees vu ganz vir un. Hien ass bal nees bei der selwechter Plaz vun der Geschicht ukomm, do geet d'Dier op.

Si komme mam Iessen. D'Mia kann opstoen an um klengen Dësch iessen. D'Eltere suivéieren all Maufel mat groussem Intressi. Duerno kënnt eng aner Infirmière, wéi déi vun de Moien, eran, fir dem Mia d'Temperatur ze moossen. D'Mia freet nom Hoppsi, an d'Marielle verspricht, him en déi nächste Kéier matzebréngen.

Am Auto fir heem seet den Yves, dat wär e gutt Zeechen, datt d'Mia sech un déi Plaz am *Fluff* erënnere konnt, wou hien déi leschte Kéier doheem mat Virliesen opgehalen hat, an dat ausgerechent an enger Geschicht, wou e Kaweechelche Schwieregkeete mat sengem Verhalt huet.

„Dat bedeit, datt d'Mia keng Funktiounsstéierungen am Gehier behalen huet, déi bei engem Schädelhirntrauma optauche kënnen."

D'Marielle hat gemengt, et hätt net richteg héieren.
„Wat sos du do?"
„Sief frou!"

„Iwwert wat?"

„Datt et keng Folgeschied huet. Déi anterograd an déi retrograd Amnesie sinn an sou Fäll normal."

Dat war elo fir d'Marielle glaskloer. Dat huet no enger Erklärung vun engem Medezinportal geklongen. Hatt huet den Yves am Verdacht, datt en um Internet nosiche war. Hatt verdréint d'Aen.

Wéi den Yves d'Marielle owes an d'Klinick gefouert hat, hate se hin an hier diskutéiert, ob et besser wär, sech guer net z'informéieren oder sech méi doriwwer ze renseignéieren, wat et mat enger *commotion cérébrale* op sech huet. D'Marielle hat den Yves drun erënnert, datt e sech dach bei sengem Papp mat deem Nosichen iwwert déi wierksaamst Kriibsbehandlung geckeg gemaach hätt an datt e vun deem Gegoogels no méi opgewullt gi war, well en doduerch gemengt hat, e bräicht dem Dokter net alles ze gleewen, mat der Argumentatioun, hien hätt jo säin eegent Wëssen an hie misst net ëmmer dem Dokter seng Kuerz-Gebonnenheet mat eegenen Informatiounen opfëllen, déi hien sech d'Méi gemaach hat, nozesichen. Schlëmme Kriibs ass net mat engem klenge Gehiertrauma ze vergläichen, awer d'Marielle hat gemengt, et hätt den Yves iwwerzeegt kritt, keng Sichwierder um Computer anzeginn, keng Netzinformatioune géint Doktescherkenntnisser ofzeweien an dem Mia sengem Dokter einfach ze vertrauen.

D'Marielle geet an dem Mia seng Schlofkummer. Dat ass dat, wat hatt elo net loosse kann. Dësen Owend huet et eng handfest Ursaach. Hatt muss den Hoppsi siche goen ... Mee an der Kummer läit en net ... A lo fält et him eréischt an ... Wéi konnt et nëmmen net dorun denken? Natierlech hat d'Mia säi Lieblingspetzi mat an de Gaart gehol. D'Mia hëlt en dach iwwerall mat. Déi zwee sinn onzertrennlech. Wann den Hoppsi anzwuersch läit, dann am Gaart. Den Yves hat de Moien um Kaffisdësch, wéi en eraus zur Terrassefënster gekuckt hat, gesot, hie wéilt d'Klunsch am léifsten ofmontéieren. „Da kënnt esou eppes net méi vir."

Dat hat zu enger klenger Diskussioun tëschent hinne gefouert an d'Marielle hat zynesch gefrot: „Wat ännert dat dann?"

„Ech kann déi Klunsch net méi gesinn, voilà."

D'Marielle wousst, datt et sengem Mann net ëm d'Klunsch u sech géif goen, mee ëm d'Connie. D'Mia wär jo mam Connie am Gaart gewiescht an dat hätt et ganz bestëmmt ze fest op der Klunsch gedréckt, oder, hat en nach gemengt, d'Mia hätt den Hoppsi nach am Grapp gehat an d'Connie hätt him en net ofgeholl.

„Einfach esou rëtscht een net vun enger Klunsch. Oder ...?"

D'Marielle léisst deen *Oder* am Raum stoen. Hatt kann zwar heiansdo zynesch sinn, awer an der momentaner Situatioun hätt et dem Yves mol net am Witz virschloe wëllen, si kéinte jo den Hoppsi verhéieren, fir d'Wouerecht erauszefannen. Den Yves hätt sech dann souguer eeschtlech gefrot, ob Petzien och ënner verschidden Zorte vun Amnesie leide kënnen. D'Marielle war och sou fein, him an deem Moment net ze soen, dass, wann hie sech scho mol betätege wéilt, et besser wär, d'Lach am Drot ze flécken, wéi d'Klunsch ze demontéieren. Dat Ze-fest-Drécken u sech ass fir d'Marielle net de Problem. Et konnt nämlech sinn, dass den Yves mat deem anere Virworf, dass d'Connie net gutt opgepasst hätt, Recht hat an dofir eng gewësse Schold bei hatt siche geet.

D'Marielle geet duerch de Gaart bis bei d'Klunsch. Et fisemt liicht, den Himmel ass gro bedeckt, awer dat stéiert et lo net. D'Atmosphär passt bei d'Situatioun. Et mécht ganz lues Schrëtt, wéi Kanner, wa se sech net traue weiderzegoen. Et taascht mat de Blécker d'Wiss of. Et geséit d'Mia do leien, et geséit sech an d'Connie de Leit vum Rettungsdéngscht bei der éischter Hëllef nokucken. Seng Häerzschléi gi méi séier. D'Häerz kann sech och nach gutt un dee Mëtteg erënneren.

Et muss e puermol gutt kucken, bis et den Hoppsi erbléckst. E läit am Getraisch laanscht der Bëtongsbordür tëschent Wiss a gemulchter Buedemsträif, an där soss Tulpen an Ouschterblumme Faarf an dat Ganzt bréngen. En ass knaschteg, fiicht an zerzaust.

D'Marielle hieft en op. Op esou enger ongewinnter Plaz huet den Hoppsi näischt verluer. Hie kann nëmmen do leien, well en dem Mia iwwrem Klunschen aus dem Grapp gefall an am héije Bou duerch d'Lut geflu war. D'Connie hat net dru geduecht, dem Mia en ofzehuelen. Op den éischte Bléck war e schwéier ze gesinn, en ass gutt verdeckt an dofir konnt e weeder dem Marielle nach dem Connie dee Mëtteg vum Accident opfalen.

Hatt geet mam Hoppsi eran an d'Haus. An der Buedzëmmer dréchent et sech d'Hoer mat engem Handduch, geet dann an d'Wäschkummer, an där d'Wäschmaschinn, den Trockner an d'Streckbriet stinn. Dem Mia seng Kleeder, déi et de selwechten Owend an d'Wäschmaschinn gestach an déi den Yves fir ze dréchnen opgehaangen hat, hänken nach op der Wäschléngt: d'Jeansshorts, d'Séckercher, d'Ënnerwäsch, den T-Shirt. D'Sandale stinn an engem Eck.

Et geet him awer lo eng Fro duerch de Kapp. Et muss dat klären. Et hëlt säin Handy a kuckt, ob ee plüschen Déieren iwwerhaapt wäschen däerf. Wa säi Mann Informatiounen iwwer Schädel-Hirn-Trauma nosiche kann, däerf hatt der iwwer d'Wäsche vu Petzien nosichen. Et ploppt eng Säit op, wou dräi brong Teddybieren an enger Wäschtrommel leien. Hatt gëtt gewuer, wat et muss maachen. Schrëtt fir Schrëtt.

Ee Gléck ass op dem Hoppsi senger Etikett d'Symbol fir *waschmaschinentauglich*. Eng Handwäsch wär zwar méi schounend, liest et. Hatt wéckelt den Hoppsi an e Wäschenetz, stécht dee Sak dann an d'Wäschmaschinn a wielt e Schounwäschgang, pflegeleicht, also nëmmen 30° Grad, ouni Schleiderprogramm. Dat liicht him an, well et wär jo net gutt, denkt et, wann et deene sensibelen Déiercher an der Trommel schwindeleg géif ginn.

Hätt et sech net informéiert, dann hätt et e bësschen Assouplissant – Cotton Blossom – an d'Gefaach geschott, dee selwechten, deen et benotzt, wann et dem Mia seng Wäsch mécht. Dat léisst et lo sinn, well e Weichspüler, heescht et, wier Gëft fir den Hoppsi, e kéint sech an de Faseren oflageren, wouduerch d'Petzien hir Flauschegkeet verléieren. D'Marielle wëllt en Hoppsi mat an d'Klinick huelen, dee sech grad sou flauscheg ufillt, wéi deen Dag, wou d'Mia e fir d'lescht an der Hand gehalen hat, gesond a monter a virun allem propper. Fir en ze dréchnen, soll een en am Beschten op eng Wäschléngt hänken, awer – bitte nicht! – an den Trockner, soss geet en an. E muss un der Loft dréchnen. Wann e gedréchent ass, soll een de Pelz mat enger duusser Biischt flauscheg kämmen. D'Marielle géif dofir eng vum Mia senge Biischten huelen, mat deenen et seng Poppe kämmt.

D'Marielle start de Programm. Et iwwerleet. Et muss verhënneren, datt den Yves eppes gewuer gëtt. Dat bleift säi Geheimnis. E Geheimnis fir sech halen ass eng mënschlech Eegeschaft a schuet der Partnerschaft net, denkt d'Marielle. Et däerf awer net ze vill e schlëmmt Geheimnis sinn. Normalerweis a prinzipiell froe Pappe jo och net, firwat Mammen de Kanner hir Petzie wäschen. Dëse Papp awer géif déi Fro stellen. D'Marielle géif him d'Ursaach net soen. Et ass e klengt Geheimnis, mat deem et haaptsächlech d'Connie a Schutz huele wëllt.

A well et mam Hoppsi beschäftegt ass, fält him d'Lotti nees an.

„Dass eng Mamm sech esouvill Gedanken iwwer Petzien a Poppe maache kann", denkt d'Marielle, „an dat iwwerdeems dat eegent Kand an der Klinick läit."

Hatt denkt lo nees drun, dass et eng Kéier wëlles hat, d'Mia ze froen, wat dat war, dat et beim Poppespillen esou opgeregt hat. Bei Geleeënheet kéint et och beim Connie nofroen.

20

Den Hoppsi gesäit witzeg aus, wéi en un der Wäschléngt hänkt, mat de Klameren an den Oueren. D'Marielle hëlt e mat dem Mia senge Kleeder vun der Wäschléngt erof. En ass lo gutt dréchen. D'Mia wäert sech freeën. Fir eng Nuecht hätt et endlech säin Hoppsi bei sech. Et huet geheescht, d'Mia kéint muer d'Klinick verloossen. Duerno misst et doheem nach e puer Deeg raschten a vill schlofen.

Déi grouss Suergen, déi d'Marielle an den Yves sech wéinst hirem Meedche gemaach haten, hunn nogeloos. Si ginn duerch méi klenger, méi alldeeglecher ersat. D'Erliichterung, dass d'Mia nees heemkënnt, iwwerweit alles. Keng Diskussioune méi iwwer méiglech Nowierkungen, keen Austausch méi iwwer richteg oder falsch interpretéiert Hoffnungen, keng verdrängten oder oppen Angscht méi, datt alles méi schlëmm hätt kënne kommen.

Et war wéinst dem Connie nach eng Onstëmmegkeet tëschent dem Marielle an dem Yves ginn. Hatt war bei si eriwwerkomm, fir mat hinnen ze schwätzen an et hat widdert hir Terrassefënster getéckt. Den Yves war erféiert a rosen, well et net un der Hausdier geschellt hat. Si haten duerno nach zesummen iwwert d'Connie geschwat, an den Yves huet sech gefrot, wéi dat Accident iwwerhaapt geschéie konnt. D'Nopeschmeedchen hätt och eng gewësse Verantwortung gehat. Si hätten dach sou vill Vertrauen an hatt gehat. D'Marielle hat gesot, hie kéint roueg méi nosiichteg mam Connie sinn, ëmsou méi, wéi et dem Mia nees gutt géing. Hie sot, hie bräicht e bësschen Ofstand vun deem, wat virgefall war. D'Marielle hat doropshi gemengt, e bëssche Versteesdemech dierft him net schwéierfalen. Konnt en oder wollt en net agesinn, datt dat Meedche sech bei hinne wuel fille géif? Mat Scholdzouweisungen a Virwërf wier him net geholleff. D'Marielle hätt dem Yves soe sollten, dass et iwwerzeegt wär, d'Connie hätt net mat hinnen iwwert d'Mia oder d'Accident schwätze komme wëllen, mee iwwert sech. Soss wär et net sou opgereegt gewiescht. Et hat et dach däitlech genuch gesot: „Wann dir mer net hëlleft, wien dann?"… E jonkt Meedche géif sengen Noperen dat net einfach esou soen. Wat ass et, woufir d'Connie Hëllef brauch? Doheem schéngt et sech keng erwaarden ze kënnen. Dat wär als däitlechen Hëllefruff ze verstoe gewiescht.

Hatt geet mam Hoppsi an dem Mia seng Schlofkummer, hëlt eng Poppebiischt a kämmt him säi flauschege Pelz. Et kuckt sech ëm. D'Kummer hat et bis elo aus Stuerheet net geraumt an alles leie gelooss, wéi et do louch. War et wéinst senger Mamm hirem Kommandotoun? Oder wollt et keng Spillsaach réckelen, fir näischt aus dem Gläichgewiicht ze bréngen? Elo ass et frou fir ze raumen. D'Mia kënnt heem. An eng opgeraumte Kummer ouni Duercherneen.

D'Marielle gesäit d'Poppekutsch am Eck stoen. Soll et d'Lotti och mathuelen? Et hieft Popp aus der Kutsch an dréckt se fest widdert sech. Et ass, wéi wann d'Lotti him eppes soe wéilt. Haten d'Lëpse sech elo grad net beweegt? Oder wat war dat fir eng Impressioun? A wat geschitt elo nees mat de Figuren op der Tapéit? Reagéiere se oder kënnt dat him nëmme sou vir? Eng änlech Impressioun hat et dach schonn, wéi et owes, den Dag vum Accident, an der Schlofkummer war. Do ware wéi op en heemleche Kommando e puer Figuren op der Tapéit wéi aus Solidaritéit a Matgefill a senger Fantasie op eemol zum Liewen erwächt. Et hat d'Gefill, aus de Sproochblose géif et vereenzelt Stëmmen héieren. Am Spidol wär d'Mia a gudden Hänn. Do géife se gutt op hatt oppassen … Dat war wéi Balsam op dem Marielle senger Séil.

Et rëselt de Kapp a verjot esou déi Erënnerung. Et leet d'Lotti nees hannescht an d'Kutsch. Et hëlt nëmmen den Hoppsi mat an d'Klinick. Et mécht dem Lotti seng Äermercher auserneen, dann huet d'Popp se schonn auserneegestreckt, a wann d'Mia sech erof an d'Kutsch bei d'Lotti béckt, kënne si sech gläich gutt ëmäerbelen. Iwwerdeems gëtt d'Marielle stutzeg. Et ass eppes ënnert dem Räckelchen, dat sech komesch ufillt. Et hieft en e bësschen an d'Lut an him fält dat Hoerbändchen op, dat ënnert der Popp hir Taille gewéckelt ass. Et ass eent vum Connie senge Bännercher. An e puer Froe léise sech aus enger décker Froeplott. Hat d'Connie net eng Kéier, wéi et heemgaange war, seng laang Hoer labber do hänken, well et säi Bändchen an der Kummer leie gelooss hat? ... Dach. ... D'Marielle hieft d'Popp aus der Kutsch, strëppt him d'Bändchen erof, stécht et a seng Täsch a leet d'Popp nees zeréck ... Wa Poppen nëmme schwätze kéinten. An och d'Tapéitefiguren. Hunn déi nëmmen am Noutfall Stëmmen? Firwat reagéiere Poppen net an dréngende Fäll? War déi Lëpsebeweegung e stommen Ausdrock vum Lotti senger Freed, well et spiert, datt et d'Mia geschwënn nees ëmäerbele kann? A wat bedeit dee verschwommene Glanz elo am Lotti senge Pärelaen? D'Marielle bleift nach eng Zäitchen an der Kummer stoen an nei Froe ginn him duerch de Kapp. Wat hunn d'Meedercher gespillt? Wat mécht dat Bändchen op där Plaz? An do, op eemol, wéi duerch e Geeschtesblëtz am Froegewulls, erënnert et sech erëm drun, datt d'Nicole him eng Kéier an der Pâtisserie gesot hat, d'Connie géif komesch Saache mat de Poppe maachen.

Et gëtt Erënnerungen, déi bleiwen ënnerwee stiechen a kommen net méi vum Fleck. Ee Gléck gëtt et der och, déi sinn am Gediechtnes gespäichert. Déi waarden da gedëlleg am Erënnerungsrepertoire, bis se gebraucht ginn. Se melle sech zu Wuert, well se spieren, datt de richtege Moment fir se komm ass.

Sou wéi een um Internet alles iwwert d'Wäschen, d'Dréchne vu Petzien a Gehiertraumae gewuer gëtt, fënnt een awer keng Informatiounen doriwwer, wat e Meedchen domadder bezweckt, wann et enger Popp en Hoerbändchen ënnert seng Taille strëppt. Géif et sou e Site, a gesat de Fall, deen hätt alles, wat et iwwer sexuell

Gewalterfarungen ze wësse gëtt, gesammelt, da stéing do, dass deem Meedchen un deem Genitalberäich vum Kierper, deen et un der Popp bedeckt huet, fir se ze beschützen, selwer eppes Schlëmmes geschitt war, dat et bis elo nach kengem Mënsch op deem direkte schwéiere Wee erziele konnt.

Dem Marielle säin Instinkt seet him, datt d'Connie de Meedercher en indirekten Hiwäis wollt ginn. D'Mia hat och sécher gefrot, wat d'Connie mam Lotti maache géif a firwat. An d'Connie huet him ganz bestëmmt a Rätsele geäntwert oder et war rose ginn, well d'Mia näischt verstanen hat, näischt verstoe konnt. An dem Marielle fält nees an, wat den Yves héieren hat, wéi d'Mia owes d'Lotti getréischt hat: „Wann hatt dat nach eemol mécht, ginn ech béis mat him."

An nach eng aner Erënnerung wëllt net fir ëmmer an de Vergiess geroden: Dat, wat d'Marielle iwwert déi schoulesch a séilesch Probleemer vun deem méi klenge Connie gewuer gi war. Wéi d'Monique eng Kéier bei hatt heemkomm war, hat et d'Nopeschmeedchen op der Dier stoe gesinn a si hate sech Bonjour gesot. D'Monique huet dem Marielle erziel, et hätt d'Connie an der Klass gehat, dat wär schonn eng Zäitchen hier, an zwar am Cycle Dräi. D'Madamm Wolsfeld hat et am Cycle Véier. Hatt kéint sech gutt drun erënneren, wéi hatt him erziel huet, dass d'Connie mol Krisen an der Klass gemaach hat an dass seng schoulesch Leeschtungen nogelooss haten. Doheem wär net alles sou gelaf, wéi et sollt. Datt dem Connie säi Papp net méi bei hinne wunnt, dat wousst d'Monique net. Wéini d'Eltere gescheet gi waren, dat wousst d'Marielle net.

D'Marielle setzt sech déi puer Erënnerungen, déi et gespäichert hat an elo ofgeruff huet, zesummen. D'Kombinéiere gëtt einfach. Hatt brauch keng friem Hëllef vum Internet. Et huet genuch Hiweiser. Den Internet huet keng Instinkter, geet et him duerch de Kapp. Op Google ass keng Plaz fir reell Gefiller. An der digitaler Welt gëtt ee kee Matgefill an et gëtt keen Algorithmus, deen déi

Zesummenhäng erkläre kann. Wierklech Hëllef fir d'Connie, dovun ass d'Marielle lo iwwerzeegt, kann et nëmmen am reale Liewe ginn.

21

D'Marielle a seng Mamm waren d'Mia an d'Klinick siche gaangen. D'Mia war ausser sech vu Freed. Et hat déi lescht Nuecht ganz gutt geschlof, den Hoppsi war jo endlech bei him, a wéi et moies fréi erwächt gi war, well déi lescht medezinesch Kontrolle gemaach goufen, ass d'Zäit him laang ginn. „Wéini komme se dann?", hat et e puermol misse froen. Et hat fréi z'iesse kritt. D'Infirmière vum Nuetsdéngscht war him extra Awuer soe komm. D'Mia hat mam Läppchen eng Kazewäsch gemaach a seng Mamm hat him beim Undoe gehollef. Den Hoppsi hat et mat de Kaddoe vun den zwou Bomaen an dem Bopa an de Kuerf gedruddelt. Säi Bettgezei war ofgezu ginn, d'Botzfra war d'Zëmmer propper maache komm, an do koum och endlech den Dokter. Hien, säin Team, d'Infirmièren an d'Infirmieren haten dem Mia fir seng Gedold Merci gesot an him all Guddes a Léiwes gewënscht. Den Dokter hat der Madamm Dorbach eng Ordonnance matginn, seng zwou Infirmièren hunn d'Mia léif gedréckt an do gouf sech Awuer gesot. D'Mia hat am Gank den Hoppsi aus dem Kuerf gehollt an zesummen hu se dem Personal Äddi gewénkt, dat scho mat den nächste Patientevisitte beschäftegt war.

Hätt d'Connie scho moies zu der Fënster erausgekuckt, hätt et vläicht gesinn, datt d'Mia aus der Klinick heem komm war. Mee da wär et trotzdeem net eriwwer schelle gaangen, och mëttes net, den Här Dorbach hätt jo kënnen doheem sinn. Dofir stellt d'Connie sech owes bei d'Fënster, vum Riddo verdeckt, an et luusst eriwwer op d'Garagenafaart vun der Famill Dorbach.

Hatt waart gedëlleg an hofft, datt d'Madamm Dorbach den Owend aleng ass. Dobaussen ass et däischter. Nëmmen de Schäi vun enger Stroosselut moolt säin helle Rondel op den Trottoir an de Mound säin am Himmel. Hatt muss waarden, bis den Här Dorbach aleng fortfiert. Haut huet et Chance. Et gëtt fir seng Gedold belount. Niewendrun ass d'Geräisch vum Auto net z'iwwerhéieren. Elo endlech gesäit et den Här Dorbach fortfueren. Aleng. Lo ass d'Geleeënheet do. Wéi laang Zäit d'Connie doiwwer brauch, weess et net. Dat spillt lo keng Roll. D'Marielle ass aleng doheem. Den Owend gëtt et net heemgeschéckt.

D'Connie hëlt den Hausschlëssel, schläicht sech zur viischter Dier eraus eriwwer bei d'Nopeschhaus.

Hatt schellt.

D'Marielle kuckt duerch de Spioun an erkennt, datt et d'Connie ass. Et mécht d'Dier op.

„Komm eran."

„Däerf ech?"

„Jo, komm roueg eran."

„Stéieren ech net?"

„Neen. Ech sinn aleng."

„Ech weess."

„D'Mia schléift … Hmmm … Du hues gewaart, bis …"

„Jo."

D'Connie geet eran. D'Marielle mécht d'Dier zou. Am Living huele se Plaz. D'Connie sëtzt sech an eng vun de Fotellen. D'Marielle geet sech vis-à-vis op de Kannapee sëtzen.

„Firwat däerf ech net bei iech kommen?", freet d'Connie.

„Du bass jo lo hei", seet d'Marielle.

D'Marielle mierkt, dass d'Connie sech net normal behëlt. Et huet e liichte Wackler an der Stëmm. Et ass zimmlech opgeregt.

D'Marielle freet, ob et eppes ze drénke wëll. Et waart d'Äntwert net of a geet an d'Kichen. Et kënnt nees mat zwee Glieser Äppeljus eran, stellt s'op den Dëschelchen a sëtzt sech.

„Äppeljus."

„Merci."

„Weess de, datt d'Mia nees heiheem ass?"

„A sou."

„De Moie ware mer et an d'Klinick sichen."

„Da sinn ech frou … Ech war et net besichen … Dat deet mer leed … Ass et net béis?"

„Et muss vill raschten a vill schlofen… Et huet de Moien no dir gefrot. Du kanns eng Kéier bei et kommen. Déi nächst Deeg mol net. Ech soen der Bescheed."

„Dat léift klengt Mia."

Eng Paus. Si drénken eng Schlupp. D'Marielle mierkt, datt d'Connie sech bal verschléckt.

„Wat ass Connie?", freet et. „Ass et der net gutt?"

D'Connie rëselt de Kapp a steet op.

„Ech muss op d'Toilette."

Hatt geet op den éischte Stack. Mécht ganz lues um Palier. Hoffentlech schléift d'Mia scho fest. Hatt geet an d'Buedzëmmer. Et kuckt sech am Spigel … „Sinn ech dat?" Et fiert sech mat der Hand duerch seng laang, seideg Hoer. Schéi lues. Dann … am Spigel, wéi e Liichtreflex, eng grouss Hand. Mat enger Hoerbiischt. E méi kanneregt Gesiicht. Eppes flackert. En Aeblënzelen. Eppes kribbelt am Hals, op der Kapphaut an ëm d'Oueren. Dem Papp seng eng Hand a sengen Hoer. Déi aner mat der Biischt am Grapp. Vu wou kënnt dat Bild? Dat Bild am Spigel … Dat Spigelbild? … Eng Täuschung vun de Sënner? … Dann … eng Stëmm aus dem Näischt. Wéi en Echo aus der Zäit: „Deng seideg Hoer … sou duuss …" D'Connie rëselt de Kapp, fir d'Erënnerung un dat duerno ze verdreiwen. Wat geschitt elo? … Am Spigel rëselt dee Kapp sech méi séier, wéi hatt sain eegene rësele kann. D'Bild bascht. De Raum zitt sech zesummen. Alles gëtt näischt. Näischt gëtt alles. D'Connie muss sech um Lavabo upaken, soss geet et an d'Getten. Säi Mo zitt sech zesummen, de Spaut feelt am Mond, seng dréchen Zong, seng kal Stier. „Wou ass hei eng Schéier?" … „Hei muss dach eng Schéier leien." Et fënnt keng. Et wëllt net alles op d'Kopp kéieren. Et hat eng fir de Fall matbruecht, dass et net gläich eng fanne géif. Et konnt sech d'Hoer net doheem schneiden. „Et muss hei geschéien. D'Madame Dorbach muss gesinn, dass ech d'Ouninumm net méi wëll sinn." Et sicht net méi. Hëlt d'Schéier aus der Täsch vum Hoodie. Strëppt sech den Aarm erop. Gesäit déi verheelten Narben um rietsen Ënneraarm vum Ouninumm. Erënnert sech un d'Ritzen. Hält d'Schéierspëtzt widdert den Aarm. Iwwerleet sech et anescht. Et gesäit lo säi Papp op eemol am Spigel. D'Gesiicht verzunn, verfriemt, verzerrt … Dem Papp seng Stëmm: „O deng duuss, seiden Hoer …" Dem Papp säi Geste: Säi Papp kämmt dem Spigel-Ech d'Hoer. De Spigel flackert, glënnert, blëtzt … D'Ouninumm schneit sech wéi an Trance seng laang Hoer méi kuerz. D'Schéier klabbert a schneit, schneit a klabbert, klabbert a schneit. Schnipp Schnipp Schnapp. „Du kämms mer déi Hoer net méi. Meng Hoer gehéiere mir", rifft eng Stëmm a sengem Kapp … Elo kann hatt nees d'Connie ginn. Hatt gëtt d'Connie. Hatt war laang genuch d'Ouninumm. Vill ze laang. „Fort domat! Kee kämmt mer se méi!"… Si fale gräppweis, Schnatt fir Schnatt, an de Lavabo …

Dat Meescht dovun schäert et eraus a spullt dat an der Toilette erof. Mat zwee kuerze Lastiker, déi et op enger Tablett ënner dem Spigel fënnt, bënnt et sech déi Hoer, déi säitlech vum Kapp ewechstinn, zu zwee klenge Wutzen. Et kuckt nees an de Spigel. Et kennt sech bal net méi erëm. Et gefält sech gutt mat deene witzege Witzercher. Et léisst d'Waasser lafen, mécht de Lavabo propper a stécht d'Schéier nees an d'Täsch vu sengem Hoodie.

Da geet et hannescht an de Living.

D'Marielle kritt bal e Schlag, wéi et d'Connie gesäit. Et hält d'Hand virun de Mond, fir e Jäizen ze verhënneren. De Kreesch bleift am Hals stiechen, et muss déif Loft huelen.

„Connie! Wat hues de gemaach?"

Virun him steet d'Connie mat enger konterbosseger Frisur. Kuerz, zerfatzt, mat zu de Säiten zwee Witzercher, wéi d'Mia se mol huet.

D'Marielle spréngt op, leeft bei d'Connie a peekt et mat de Schëlleren.

„Deng schéi laang Hoer."

„Net béis ginn."

„Wéi konnts de …?"

„Sidd Der net méi rose mat mer?"

„Wat sees de do?" D'Marielle muss sech beherrschen, kuckt d'Connie déif an d'Aen. „Et ass dach kee rose mat dir. Wéi kënns de dorop?" Hatt muss d'Connie berouegen. „Sëtz dech mol. Komm, géi dech sëtzen … Roueg … Sou …"

D'Marielle begleet et, eng Hand ënnert sengem Aarm, bei de Kannapee. Si huele Plaz. D'Marielle sëtzt sech ganz no widdert d'Connie.

„Wat ass dann nëmmen an dech gefuer, Connie?"

„Dir kann ech alles soen."

Dem Marielle fält op, dass d'Connie hatt elo fir d'alleréischte Kéier geduuzt huet. Dat mécht him näischt aus. Et ass souguer frou doriwwer.

D'Connie schnuddelt. D'Marielle gëtt him e frëscht pabeiers Nuesschnappech fir sech ze schnäizen.

„Ech si frou, dass du komm bass. Ech hunn drop gewaart, dass du …" D'Marielle muss schlécken.

„Ech weess." D'Connie otemt schwéier.

„Et spillt dach keng Roll, ob d'Mia den Hoppsi an der Hand hat oder net."

D'Connie dréint sech ewech vum Marielle. Do stécht nach e klenge Rescht vu Schummen, dat et net ganz verdriwwe kritt. D'Marielle zitt et bei sech. Sou kënne si sech besser an d'Ae kucken.

„Ech konnt net dofir."

„Ech weess dat dach."

D'Connie schnoffelt a schléckt, wëllt eppes soen, zéckt awer nach.

„Wat wëlls de mer dann nach soen? … Du bass den Owend net dowéinst komm."

„Neen."

D'Connie fiert sech mat der Hand duerch d'Hoer. Si fille sech anescht un.

„Lo si se méi kuerz."

„Ech mengen, ech weess firwat s du hei bass. Fäert net, fir mer et ze soen!"

„Ech brauch net méi ze fäerten … Gell?"

Eng Fro mat engem Zidderer dran.

D'Marielle otemt déif an an aus. Eng laang Paus entsteet.

„Du brauchs mech elo, Connie. Dem Mia konnts du däin Häerz net ausschëdden. Wat hätt et da verstanen? … Vun dengem Leed? … Mat kengem konnts du driwwer schwätzen."

D'Connie spiert, wéi seng Stier, seng Baken a seng Ouere gliddeg ginn.

„Neen, mat kengem", widderhëlt et.

D'Connie mécht eng Paus, mat enger Hand zitt et um rietsen Hoerwutz. „Wéi mer zesumme gespillt hunn, wollt ech dem Mia et soen."

Hatt schneit eng Schnuff. Nach ëmmer keen Enn vum Verstoppches? Nees d'Ouninumm ginn? Da wär jo alles ëmsoss gewiescht, säi Poppegespills, seng Gedold, seng kuerz Hoer … Hatt ass d'Connie. „Ech sinn d'Connie." Hatt sëtzt niewent dem Marielle a kann him alles erzielen. „Ech sëtzen niewent dem Marielle a kann him alles erzielen."

„Mir kanns du alles soen."

„Hätt ech dem Mia et gesot, et hätt et jo net verstanen."

Nees eng Paus, wéi wann et selwer iwwerrascht iwwert dat wär, wat et gesot huet. D'Marielle fuerdert et mat senge glënneregen Aen op, weider z'erzielen. Dem Connie ass et souwisou scho waarm, awer déi waarm Blécker si wéi wotlech Aluedungen.

„Ech weess. Et ass ze kleng dofir", seet d'Marielle.

Et steet op, hëlt aus dem Tirang vun der Komoud, an deem Zerwéiten an Zerwéiteréngelcher leien, d'Hoerbändchen eraus, dat et do versuergt hat.

„Ech hunn et fonnt."

D'Connie muss laachen. Et ass e verleeënt Laachen, wéi wann et eng gestiicht hätt an et wär dobäi erwëscht ginn.

„Et ass dem Lotti säin."

„Du wollts d'Lotti beschützen. An d'Popp, gell Connie, dat sollts du sinn."

„Ech war deemools bal sou al wéi d'Mia, wéi mäi Papp dat gemaach huet … Wéi e mech ugepaakt huet."

„Du waars seng Pëppchen."

„Seng Pëppche mat de seidegen Hoer. Ech schumme mech esou."

„Dowéinst hues du der d'Hoer geschnidden. Aus Roserei. Du hues dech un deen Dag erënnert."

„Lo si se gutt fort."

D'Connie verstoppt säi Gesiicht mat den Hänn. D'Marielle hëlt him se léif ewech an zitt et méi no widdert sech.

„Du brauchs dech net ze schummen."

„Ech konnt ni driwwer schwätzen … Ni … Awer elo … Hei bei dir …"

„Du kanns mer roueg alles soen, Connie. Fäert net. Hei däerfs de."

„Ech wëll jo net, dass hien … Kann him eppes geschéien?"

„Du muss soen, wat geschitt ass. Wat hie gemaach huet."

„Et ass esou laang hier." D'Connie vergrueft säi Gesiicht nees an d'Hänn.

Eng Paus.

D'Connie hëlt seng Hänn nees vum Gesiicht ewech, bekuckt se, hält se viru sech, wéi wa se trei Nolauschterer wären. Et hält d'Hänn lo fest widderteneen a faalt d'Fangeren aneneen. Et kënnt him vir, wéi wann et dat och mol soss gemaach hätt.

Hänn, déi zu zouenen Ouere ginn a Geheimnisser fir sech behale kënnen, wann ee se zesummefaalt.

D'Marielle hëlt dem Connie seng Hänn, zitt him d'Fangeren auserneen. D'Wierder kënne sech nees fräi entfalen.

„Am Ufank hunn ech geduecht, en ass jo vill frou mat mer, ech si säi léift, klengt Connie. Seng Prinzessin. Ech hu geduecht, wann hie mech do upeekt … an do beréiert … dat wär normal, wann e Papp dat mécht.

„Dat ass net normal, Connie. Fir dat gëtt ee bestrooft."

„Et ass sou laang hier."

„Wat hie gemaach huet däerf hien net."

„E wollt mer dach näischt Béises."

„Dat däerf hien net. Hien net. Keen. An du hues kengem eppes gesot? Denger Mamm net? Denger Joffer Monique net? Dem Chloé senger Mamm net? Kengem?"

„Firwat huet meng Mamm näischt gemierkt?"

„Vläicht huet s'eppes gemierkt, awer si sot näischt."

„Firwat? Ech war dach nach kleng."

„Et ass net ze spéit. Weess de dat?"

„Menger Mamm hätt dach eppes opfale missen, awer …"

„Awer?"

„Dofir sinn ech sou rose mat hir. An ech si sou rosen op mech. Ech hu geduecht, dat wär meng Schold, datt hien …"

Seng Hänn ginn zu Fäischt, déi et awer gläich nees auserneen mécht, et fiert sech iwwer d'Hoer, weess net ob et laachen oder kräische soll.

„So dat net! Du däerfs keng Schold bei dir sichen. So näischt esou! … Du däerfs der keng Virwërf maachen."

„O, wat hunn ech gemaach?"

D'Marielle dréckt d'Connie fest widdert sech.

„D'Hoer wuessen no," mengt d'Connie, steet op, geet bei d'Dier, mécht s'op an ier et d'Haus verléisst seet et:

„Ech hunn dat Meescht am Lavabo propper gemaach."

Et dréint sech eemol ëm an 't seet: „Ech sinn nees d'Connie. Gutt Nuecht, Marielle."

„Gutt Nuecht, Connie!"

A fort ass et.

D'Marielle leet sech op de Kannapee, streckt seng Been a leet d'Kannapeesdecken iwwert sech bis widdert de Kënn. Dat war lo vill beieneen. Et ass ze midd, sech d'Trapen eropzeschleefen a sech a säi Bett leeën ze goen. Fir hatt steet elo nëmmen eppes fest. Gläich muer de Moie géif et sech renseignéieren, wat et ënnerhuele kann, fir dem Connie ze hëllefen.

22

Am Bus fir an déi nächst Seance iwwerleeën ech mer, wéi ech d'Madamm Wallmer drop uschwätze soll, dass si mer déi méiglech Konsequenzen, déi meng Aussoe fir mäi Papp hunn, erkläert.

Meng Mamm konnt ech net froen. Si hat mëttlerweil ëmmer Angscht, wann hiren Handy geschellt huet, dofir war en dacks aus. Si wollt näischt gewuer ginn. Si sot mer awer, hie géif si beständeg op der Aarbecht uruffen. Fir meng Mamm waren d'Enquête an déi ganz Instruktioun zimmlech schwéier z'erdroen. Am léifste wollt se mam Fall a Rou gelooss ginn an näischt vun de Suite fir hiren Exmann wëssen. Heiansdo huet se mer erzielt, wat en hir um Telefon gesot huet, awer wéi si sech dobäi gefillt huet, dat sot se mer ni. Ech hu mech gefrot, ob et schwéier fir si war z'acceptéieren, datt si mat deem Mann, deen hirem Meedchen dat ugedoen hat, bestuet war. Konnt si sech net verzeien, nach duerno eng Zäit mat him zesummegelieft ze hunn? Wann si eppes an Uecht geholl hat, wéi konnt si et färdegbréngen, nach bei him ze bleiwen? Ech géif esou gären d'Äntwert heirop wëssen. Déi kann ech nëmme vun hir gewuer ginn. Ech weess net, ob meng Mamm nach aner Seancë bei der Madamm Welfring hat. Wa jo, dann ass se mam Auto op Leideleng gefuer, ouni mir eppes dovun ze soen. Wann si eppes wousst, wéi huet si der Madamm Welfring dann erkläre kënnen, firwat si sech all déi Joren näischt umierke geloos hat? Wéi ass si mat deem schlechte Gewëssen eens ginn? Huet si sech geschummt, mir hir eege Péng zouzeginn? Mäi Leiden huet hir dach missen opfalen. Wann si och nëmmen e klenge Verdacht hat, dann huet hir Haut dat gespuert. Dovu sinn ech iwwerzeegt. D'Haut ass dach dem Mënsch säi gréisstent Sënnesorgan. Si spiert alles, wat am Kierper geschitt, an si kann op alles reagéieren. Eng Haut kann een net beléien. Ech muss et jo wëssen. Wann ech mech geritzt hunn, hunn ech mer selwer wéigedoen an ech hunn d'Gefill vum Wéi iwwerspillt a mäi Kierper getäuscht. Menger Mamm hir Haut ass dach och empfindlech an huet hirem Häerz ganz bestëmmt kleng Signaler geschéckt. Oder ëmgedréint. D'Haut litt net. Meng Mamm huet sech ganz bestëmmt net gutt an hirer Haut gespuert.

D'Madamm Wallmer, déi iwwert d'Prozeduren an d'Plainten an änleche Fäll wéi dee vu mir Bescheed weess, informéiert mech iwwert de weidere Verlaf vum Verfaren, sou wäit si doriwwer am Bild ass.

No menger Auditioun war e schrëftleche Rapport fir de Parquet gemaach ginn. Doropshi sinn zwee Polizisten an Zivil bei mäi Papp heemgaangen an hunn him eng Convocatioun vum Parquet zougestallt. Hien hat sech nämlech engem Interrogatoire beim Service de Police Judiciaire misse stellen an duerno hat e bannent véieranzwanzeg Stonnen dem Untersuchungsriichter misse virgefouert ginn. Dat wousst ech schonn, well meng Mamm hat mer dat no eisen Auditioune gesot, nodeems hiren Exmann hir dat an engem rosenen Handygespréich matgedeelt hat. Den Untersuchungsriichter an och de Jugendriichter ware mam Fall saiséiert ginn. Ech hunn der Madamm Wallmer gutt nogelauschtert an si huet nei komplizéiert Wierder gebraucht, déi ech awer net wëlles hunn, op meng Wierderlëscht ze schreiwen. Mäi Papp hat e Contrôle judiciaire mat verschiddenen Obligatiounen ausgestallt kritt, ënner anerem, dass hie mech net méi gesinn dierf an hie kéint den Droit de visite et d'hébergement entzu kréien. Soulaang keen endgültegt Urteel gesprach ass, gëllt hien als onschëlleg. Bis zum legalen Noweis vun enger Strofdot, geet ee bei all Mënsch dovun aus, dass en onschëlleg ass.
– Ech brauch net méi bei mäi Papp ze goen.
– Hien däerf also ënnert kenger Form méi mat dir Kontakt ophuelen. Wëlls de dozou eppes soen?
– Fir mech ass et eng Erléisung, dass ech net méi muss bei hie goen. Eng Befreiung. Wat him geschitt, ass näischt am Verglach

mat deem, wat hie mer zu Leed gedoen hat. Et ass aleng seng Schold.

– Wat seet däi Gefill nach? Ech sinn nees d'Connie. Ech stinn net méi sou … niewent mer. Wann ech mam Max bei him war, hat ech d'Gefill, nach méi wäit ewech vu mer ze stoen, wéi …

– … wéi bei dir doheem.

– Jo. Meng Mamm huet laang gebraucht, bis se mer endlech vertraue konnt. Ouni hiert Vertrauen a mech feelt hir déi néideg Kraaft, alles ze meeschteren. Ech mengen, et kënnt nach e ganze Koup op eis duer. Si ass vill hin- an hiergerappt. Ech weess, dass si mech brauch. An ech brauch si.

D'Madamm Wallmer hat sech den Zeigefanger widdert de Bak geluech an de Kënn mam Daum an den anere Fangere gestäipt. Dee Gest huet se virdrun nach ni gemaach. Dat gefält mer gutt. Heiansdo poséieren d'Leit esou op Fotoen.

– Deng Mamm war net gläich iwwerzeegt, fir mat dir heihinzekommen?

– Neen. Eréischt wéi ech nees hiert Meedche gi sinn.

– Dat muss de mer erklären.

– Si hat d'Gefill, ech wär dem Marielle säint ginn, well ech mech fir d'éischt him uvertraut hat an net hir. Ech hat scho laang keng sou eng grouss Erliichterung méi gespuert.

– A wéi deng Mamm dech nom Coiffer gesinn hat? Du sos eng Kéier, si hätt der e Kompliment gemaach an doriwwer wäers de frou gewiescht.

– Wéi d'Sandrine meng Hoercoupe bewonnert hat, hat dat och e besonnescht Glécksgefill bei mir ausgeléist. Dat war awer net mat deem Gefill ze vergläichen, dat ech mat menger Mamm gespuert hat, wou mer eis owes ausgeschwat haten an …

– Wat nach?

– … an duerno léifgedréckt haten.

– Du waars dach mol rosen iwwert dech.

– Ech verstinn net, wat Der mengt … Wéini?

– Beim Marielle doheem.

Elo kommen ech eréischt no. D'Madamm Wallmer ka Gedanke liesen. Ech denke kuerz un e Glécksmoment an Zesummenhang mat mengen Hoer an si denkt un dee méi ellene Moment. Wéi soll ech hir dat erklären? Ech weess, dass bei mir d'Roserei méi Stëmmen huet. Eng déi seet: „Trau kengem méi!" Eng aner seet: „Ritz dech an d'Haut!" An nees eng aner: „Gëff d'Ouninumm!" Awer ech si jo nees prett, ganz Ech ze sinn.

– Ech hat e Bild gesinn … am Spigel … wéi e Flashback.

– Du kenns awer Ausdréck.

– Mam Max kucken ech Serien.

– Wat war dann an deem Bild?

– Mäi Papp, dee mer am Buedzëmmer d'Hoer kämmt … A beim Marielle … am Spigel … war e groussen Duercherneen. Ech hunn net laang iwwerluecht. Et war wéi e rosene Reflex.

– Du mengs eng impulsiv Reaktioun.

– Jo! Egal … Neen! … Ech weess et net … Et war jo geplangt … Do war eng Stëmm, déi mer gesot huet: „Schneit deng Hoer!" An do hunn ech mer se geschnidden … Wat en duerno gemaach hat, ass och nees opgeblëtzt.

D'Madamm Wallmer kuckt mech mat engem Bléck, dee sech wéi Samett op menger Haut ufillt, an ech erënnere mech un e Saz vun hir, deen a mengem Heft steet, an deen ech fir ëmmer verhale wäert: *Vertrauen erkennt ee méi aus Blécker wéi hannert Wierder* … Alles fält mer lo méi liicht. Bis elo mol nach. Ech si jo nees d'Connie.

– Wat war dann duerno, Connie?

D'Enquêtrice vun der Police Judiciaire wollt och alles méi genee wëssen. Dat war net einfach, op hir Froen z'äntweren. Hei fält et mer manner schwéier wéi an der Salle d'audition.

– Bei der éischter Kéier hat hien en däitsche Fan-Tricot un. Un deen erënneren ech mech hoergenee.

– Huet deen Tricot eng besonnesch Bedeitung?

– Ech hunn den Tricot jo gutt kënne viru menger Nues gesinn. En hat en extra fir dee Fussballowend ugedoen.
– An aus deem Grond konnts du realiséieren, wéini et geschitt war.
– Et muss d'Finall vun der Fussball-Weltmeeschterschaft gewiescht sinn. Däitschland géint Argentinien.
– Wéi weess du dat sou genee?
– Dat huet d'Enquêtrice mech och gefrot … Wat meng Léierin eis erzielt hat, huet mer duerno keng Rou geloos … Fir d'éischt war do dat schlecht Gefill … Ech hunn dat verdrängt. Eréischt vill méi spéit konnt ech déi Biller, déi doduerch entstane sinn, zesummesetzen … lues a lues.
– Wéi e Pësel.
– Jo … Wéini et geschitt ass … a wou … Am Buedzëmmer huet e mech gekämmt … en ass mat mer a meng Schlofkummer gaangen … ech hu mech an d'Bett geluecht … ech hat gemengt, e géif mech zoudecken … a wat en duerno gemaach huet, dat wësst Der.
– Du hues gesot, bei der éischte Kéier. Gouf et nach eng aner Kéier?

Ech strëppe mäin Aarm erop. Dat hunn ech bis elo nach ni gemaach. Ech doen och näischt mat kuerzen Äerm un. A wann, da muss ech d'Plazen sou gutt et geet mat Reefer oder Bännercher verstoppen.
– Nach eemol … kuerz duerno.

D'Madamm Wallmer werft e verwonnerte Bléck op meng verheelten Narben um Ënneraarm.
– Wëlls de vun denger Péng schwätzen?
– Watgelift?
– Wéi s du dech selwer verletzt hues.
– Et ass schlëmm, well et banne wéideet. Op der Haut deet et manner wéi.
– Lenkt dat dech dann of?

– Et deet net nëmme wéi. Et kann och guttdoen, wann ech mech ritzen.
– Wat dréckt däi Kierper dann aus?
– Mol meng Roserei. Och meng Angscht. Meng Verzweiflung.
– Geet et der duerno besser?
– Eng kuerz Zäit. Duerno ass d'Angscht nees do. Da sinn ech enttäuscht iwwert mech.
– An dengem Fall, elo, enttäuscht, dass du sou laang Zäit gebraucht hues, fir …
– Fir engem et ze soen, jo.

Mir maachen eng Paus. Meng Bake fille sech gliddeg un. D'Madamm Wallmer schnäizt sech. Si ass liicht erkaalt. Si geet Waasser wiermen. Si mécht sech en Erkältungstéi. Ech drénken e Glas Waasser. D'Madamm Wallmer weess nach net, wéi et weidergaangen ass, nodeems ech mer beim Marielle d'Hoer geschnidden hat a wéi ech nees doheem war. Ech erziele ganz roueg, wéi meng Mamm meng verschasse Frisur gesinn a wéi se mech vernannt hat.

– An du hues net domadder rechne kënnen?
– Dat war mer egal. Ech hunn hir alles gesot. Datt ech mer d'Hoer selwer sou versaut hätt, datt mäi Papp mech do ugepaakt hätt, wou seng Hänn näischt verluer gehat hätten, dass ech dat lo scho Jore mat mer schleefen, an datt ech engem et hu missen erzielen, awer net hir.
– Wéi huet se da reagéiert?
– Si ass do nach méi aus der Haut gefuer.

Wann ech si elo hätt zeechne wëllen, wär um Blat eng Stréchfigur entstanen mat niewendrun engem Koup Haut. Oder wéi zeechent een e Mënsch, deen aus senger Haut gefuer ass?
– Fir d'éischt huet se mer net gegleeft. Si sot, ech wär eng dreckeg Ligenesch. „A wéi kanns du eis Famill nëmmen sou an den Dreck zéien? Dat sinn elauter Ligen", huet se gejaut. „Wat huet hien der zuleeds gedoen, hë?" … „Hie mer zuleeds gedoen? Mir?",

hunn ech gefrot. Ech maachen nees menger Mamm hir rose Stëmm no: „Jo, datt s du sou schlecht iwwert däi Papp schwätz?" Nees ech: „Schlecht schwätzen?" Wéi ka se sou eppes soen? Nees si: „An da gees d'och nach den Noperen dat erzielen. An déi gleewen der sécher nach? O waart! …"
– Stopp!

D'Madamm Wallmer hieft d'Hand. Si muss mech bremsen. Ech war lo voll an dat Gespréich geroden. Rollespill wär dat falscht Wuert. Et war och keen Theater. Alles war echt. Ech muss mech berouegen. Ech sinn nees ze vill opgewullt. Wat nom „O waart!" komm ass, dat kënnen nëmmen den Yves an d'Marielle wëssen, well meng Mamm sech den Dag drop bei si beschwéiere war. Ech ka mer gutt virstellen, datt et haart hiergaangen ass.

– Ech konnt deen Owend einfach net verstoen, firwat meng Mamm sou reagéiert hat.

Et war schwéier fir si, d'Wouerecht z'acceptéieren. Dat muss fir si e Schock gewiescht sinn … an dass ech dat weidererzielt hunn.
– Doriwwer war si am meeschte rosen?
– Ech menge jo. Firwat huet si mech net a Schutz geholl? Firwat huet si nëmmen u sech geduecht? … Ech mengen, si war mol net traureg wéinst mengen Hoer.

Ech gi mech an de Schaukelstull setzen. Ech muss mech berouegen. De Stull steet niewent dem Bicherschaf. Ech kucke mer e puer Kannerbicher un. Ech gesinn *De Fluff*. D'Madamm Wallmer hat mer eng Kéier gesot, datt dat Buch hei an der Bibliothéik steet. Ech hat d'Kaweechelchen aus dem Petzizoo dach esou genannt. D'Mia hat mer d'Buch eng Kéier gewisen. Et ass säi Liblingsbuch. Bei him wollt ech ni dra kucken, well dat hätt mech drun erënnert, wéi mäi Papp mer aus deem Buch virgelies hat, wéi ech méi kleng war. Ech huelen d'Buch mat. Ech erënnere mech nach gutt un d'Geschicht. Ech hunn et net méi. Meng Mamm muss et eng Kéier bei enger vun hire ville Raumaktiounen ewechgehäit hunn.

23

Den Yves, deen owes zimmlech spéit heemkënnt – oder éischter fréi moies –, weess net, ob en d'Marielle soll erwächen. Et géif awer besser am Bett leie wéi um Kannapee. Säin Aarm hänkt erof a säi Kapp läit a kenger gudder Schlofpositioun.

D'Marielle rappt d'Aen op. Et war keen déiwe Schlof.

„A du bass erëm," seet et mat engem schléifregen Toun.

Hatt hieft sech, da brauch den Yves sech net sou déif ze bécken. Hie gëtt dem Marielle e Kuss.

„Wéi spéit ass et?", freet d'Marielle, zitt den Aarm schwéierfälleg ënnert der Decken eraus, fir op d'Auer kucken ze kënnen, a steet op.

„Spéit", seet den Yves.

„Hutt der gutt gefeiert?"

„Wéi op sou engem Männerowend eeben."

„Du hues gedronk. Ech richen et."

Keng Äntwert.

„Vill?"

„De Serge huet mech gefouert. Ech hunn den Auto stoe gelooss."

„Gutt."

„Du has Besuch." Den Yves hat déi zwee Glieser gesinn.

„D'Connie war hei."

D'Marielle mécht e puer Schrëtt. Et ass wéi geriedert. Den Yves wëll eppes soen. D'Marielle hieft d'Hand.

„Mir schwätze muer. Ech sinn elo ze midd. Nuecht."

D'Marielle geet d'Trap aus. Den Yves scharjeekelt hannendrun. Hatt geet an d'Buedzëmmer a mécht sech färdeg fir an d'Bett. Den Yves geet nach séier ënnert d'Dusch an da leet hie sech och schlofen. D'Marielle ass schonn ageschlof. Den Yves dréint a kéiert sech. Säi Kapp brummt.

D'Marielle erwächt fréi. Et luusst an dem Mia seng Kummer. Hatt schléift nach fest. Säi gudde Schlof ass en Zeechen, dass et him besser geet. D'Marielle hat net gutt schlofe kënnen. Net well den Yves geschnaarcht huet, dat, wat d'Connie him erziel hat, huet et net a Rou gelooss. Ganz sécher huet et dowéinst am Hallefschlof gekeimt, an den Yves hat gemengt, dat wär wéinst sengem Schnaarchen an hie war aus Rücksicht opgestanen a sech op de Kannapee leeë gaangen.

Den Yves ass op a kënnt midd an d'Kiche gewackelt. De schlechte Schlof an dobäi nach an enger gekrëmmter Positioun plus d'Nowéie vum Virowend stiechen him an de Glidder. E mécht sech en Téi. An enger Taass léist sech eng Pëll géint de Kappwéi op. D'Marielle mécht sech eng Taass staarke Kaffi. Et ass nach kee wierklech gespréicheg. Awer et hänke vill Froen am Raum. Den Yves seet, den Auto stéing um Parking um Belval, hie misst sech séier fäerdeg maachen, en hëlt de Bus bis dohin.

Et schellt.

„A wie kënnt lo schellen?"

„Ech weess wien."

D'Marielle geet bei d'Entréesdier, kuckt duerch de Spioun an erféiert, obwuel et richteg getippt hat. Do steet d'Madamm Mischels. Et mécht d'Dier op.

„Dir sidd mer elo eng Erklärung schëlleg", seet d'Madamm Mischels ganz opgereegt.

„Bleift net an der Dier stoen. Kommt eran."

„Wat ass gëschter hei virgefall?"

„Berouegt Iech, Madamm Mischels", seet d'Marielle an engem héiflechen Toun.

„Ech soll mech berouegen? Ech? Wat geet Iech un?", freet d'Madamm Mischels. Den Toun ass lo méi aggressiv.

D'Marielle streckt säin Aarm aus, als Gest fir dem Connie seng Mamm anzelueden, eranzekommen. D'Frëndlechkeet hëlleft näischt. D'Madamm Mischels bleift stuer op der Plaz stoen.

„Ech bleiwen hei stoen an ech waarde sou laang, bis Der mer gesot hutt …"

D'Marielle muss d'Nopesch lo ënnerbriechen. „Da kommt dach roueg!"

„Kee Meter maachen ech an dëst Haus."

Den Yves ass an de Gank komm, perplex. Säi Kapp dubbert nach. Dat heiten huet nach gefeelt. Wat war da gëschter hei lass? War eppes mam Connie? Geet et ëm hatt? Et ka bal net aneschters sinn.

„Wa kee mer seet, ëm wat et hei geet …"

D'Marielle ënnerbrécht säi Mann mat engem abrupte Gest viru sengem Gesiicht. Hie seet lo näischt méi. Hie kann elo nëmmen nolauschteren.

„Wéi konnt Der dat zouloossen?", freet d'Madamm Mischels, ausser sech vu Roserei. An ier d'Marielle d'Méiglechkeet huet, fir „Wat?" ze froen, seet se: „Sech seng Hoer esou ze versauen!"

„Lauschtert mol, Madamm Mischels. Ech weess net, wat Äert Meedchen Iech gesot huet …"

„Ma dat, wat et Iech gesot huet, huelen ech un, déi Ligen. Kennt Der mäi Meedchen? … Neen. A wat ass nëmmen an hatt gefuer, sou Saachen ze behaapten?"

Si schaimt wéi eng Brausetablett, déi sech grad opléist.

„Da kommt bis eran an da schwätzt Der Iech aus."

„Ech? Ech soll mech ausschwätzen, nodeems mäi Meedchen eis schlecht gemaach huet an Iech déi ganz Ligen iwwert säi Papp erzielt huet? Wat geet hatt un, Iech esou Ligen opzedëschen? … Hë? … Dir lauschtert him och nach no! Wat geet Iech dann nëmmen un? … An Dir gleeft dat alles?"

D'Marielle huet héiflech nogelauschtert a wëllt weider héiflech bleiwen.

„Wann eppes dru wouer ass, dann …"

„Wat sot Der do? Näischt. Héiert Der! Näischt ass doru wouer. Alles gelunn. Alles. Wéi kann ee seng eege Famill esou an den Dreck zéien. Den eegene Papp?"

D'Marielle bleift roueg, et hätt kee Wäert d'Fra ze konteren, mat verstännege Wierder kéint hatt s'an dësem Moment net berouegen. Et versicht et nach eng Kéier mat sengem Wann-Saz vu virdrun.

„Wann …"

„Näischt! Stopp!", rifft d'Madamm Mischels. „Mol kee wann. Hu mer eis verstanen, Madamm Dorbach?"

D'Madamm Mischels dréint sech stuerazeg ëm a geet d'Trapen erof. D'Marielle zitt d'Dier zou.

„A wat war dat do?", freet den Yves.

Si zwee ginn an d'Kichen.

D'Marielle wëll den Yves net bis den Owend am Onklore loossen, dofir fiert et net iwwer siwen Ecker a seet him, wat d'Connie him owes beichte komm war an dass et sech bei hinne seng Hoer geschnidden huet, sech an engem gewësse Sënn vun hinne befreit huet, well s'et un déi schlëmm Dot vu sengem Papp erënnert hunn.

Den Yves brauch eng Zäit, bis e richteg realiséiert huet, wat d'Marielle him lo grad erzielt huet. E kuckt därmoossen entsat, dass d'Marielle seet, en hätt scho richteg héieren, dem Connie säi Papp hätt hatt sexuell mëssbraucht. Hie bedauert seng iwwerdriwwe Reaktioun géigeniwwer dem Connie an et deet him leed, dass en hatt deen Owend, wéi et op der Terrass stoung, net eragelooss hat.

Si hunn allen zwee grousse Respekt virum Connie sengem Courage a si wonnere sech iwwert senger Mamm hir hefteg Reaktioun. Fir si war et sécher méi einfach gewiescht, alles ofzestreiden, wéi sech der Wouerecht ze stellen, ëmsou méi wéi d'Connie, mengt d'Marielle, him et fir d'éischt erzielt huet an net senger Mamm. Kee vun hinne wëllt d'Madamm Mischels jugéieren, si verstinn awer, dass si esou schockéiert muss gewiescht sinn, dass s'aus elauter Verzweiflung der Realitéit net an d'Ae kucke konnt oder net kucke wollt. Iwwert deen Ënnerscheed wëllen s'awer net nach weider diskutéieren. Méi wichteg wär et nämlech elo ze wëssen, wéi et weidergeet, well d'Connie dréngend Ënnerstëtzung brauch. Si maachen of, dass si sech den Owend doréms bekëmmeren.

Den Yves kuckt nach eng Kéier d'Horairë vun de Bussen. Dee Bus, deen e virgesinn hat, kritt en net méi. A fir deen nächsten nach ze kréien, muss e sech elo wierklech tommelen. D'Marielle mécht sech och färdeg fir an d'Schoul. Seng Mamm ass endlech ukomm. Si mécht sech eng Taass Kaffi. D'Mia schléift nach.

24

De Fluff hat Dännenzappen, Eechelen a Kären op e puer Plazen am Bësch verstoppt, fir am Fréijoer genuch Proviant ze hunn. Awer leider kann e sech net méi un déi vill Plazen erënneren, well hie kee gudde Verhalt huet.

Haut huet hie Loscht op Kären. Hie sicht iwwerall, awer hie fënnt d'Plaz net méi erëm.

De Fierschter seet him, e soll Gedold hunn an dem Mound vertrauen. Och wann een en net am Himmel gesäit, en ass awer do.

De Fluff huet sech nees op d'Sich gemaach an eemol, spéit an der Nuecht, ass de Mound ganz hell ginn an huet méi staark op déi Plaz geliicht, wou d'Käre verstoppt louchen. Et war, wéi wann hie mat senge Moundstralen e groussen, helle Krees ronderëm gemoolt hätt. De Fluff huet gläich op där Plaz mat Buddelen ugefaangen an d'Kären ausgegruewen. Endlech hat hie se fonnt.

De Fierschter an e puer Bëschdéiere waren erwächt, well dat hellt Moundliicht hinnen opgefall war. Iwwerall am Bësch huet et op deene Plazen, wou nach Proviant vergruewe war, hell geliicht, wéi wann de Mound Klenger kritt hätt an déi hell Rëndelcher wéilten op der Äerd och hire Spaass hunn. De Fluff huet net méi missen Honger leiden.

Wéi ech *De Fluff* doheem gelies hat, hunn ech mech gutt drun erënnere kënnen, wéi mäi Papp mer doraus virgelies hat. Wann ech d'Buch beim Mia gekuckt hätt, wär ech an déi Zäit gerëtscht, an dat wollt ech bei him net. Elo wollt ech d'Geschicht nees liesen an ech konnt s'och nees liesen. Déi Saach mam Verhalt huet mech nawell schéin iwwerrascht. Dat war mer net méi esou bewosst. Et huet mech gewonnert, gewuer ze ginn, dass Déieren op eemol eppes Wichteges vergiesse kënnen. Wéi d'Mënschen. Bei mir war et esou, dass ech eppes Schreckleches net méi verhale wollt. Dat ass beim Fluff net de Fall. Hie konnt d'Stopp net méi verhalen. Wéi deemools huet d'Geschicht mer ganz gutt gefall. Een Detail am Buch huet mech awer nach méi wéi déi Saach mam Vergiesse beandrockt. Dat war déi Saach mam Mound. Elo nach méi wéi als Kand.

An enger Geschicht ass et normal, denken ech, wann de Mound eng fantastesch Roll spillt, fir zum Beispill engem Kaweechelchen ze hëllefen, säi Proviant nees erëmzefannen. Wat fir eng aktiv Roll kann en dann ausserhalb vun engem Kannerbuch spillen, hunn ech mech gefrot. Net fir Bëschdéieren. Soe mer mol fir de Mënsch am Allgemengen a fir Jongen oder Meedercher am Besonneschen? Zum Beispill fir mech? An zwar grad an där Nuecht, wéi ech bei der Klunsch nees d'Ouninumm gi war.

Ech weess, dass de Mound en Himmelskierper ass, vun deem eng speziell Kraaft ausgeet. Et brauch een nëmmen u säin Afloss op d'Stréimung vum Mier ze denken. Wéi et schéngt, gëtt et Leit, déi net gutt schlofen, wa Vollmound ass. Wéi ass et méiglech, datt de Mound esou Auswierkungen op d'Äerd an esou e groussen Afloss op d'Mënschen huet? D'Planéiten, d'Stären an d'Himmelskierper brauche sech een deen aneren. D'Mënsche brauche s'och. Mir si méi op si ugewise wéi si op eis. De ganzen Universum besteet aus komplizéierten Zesummenhäng, déi schwéier ze verstoe sinn. Mäi Brudder huet e Buch iwwert de Weltraum: *Mein großes Buch der Sterne und Planeten*. Et waren e puer grouss Säiten dran, déi een opklappe konnt. Do huet een de Sonnesystem an d'Galaxie gutt erkläert kritt. Wann ech ee Buch gär gekuckt hunn, da war et dat. Ech hunn ëmmer vill dra gelies. Dann hunn ech mat Dreemen ugefaangen. Iwwerem Spiralen zeechnen hunn ech mer zum Beispill virgestallt, am Weltall wär eng extra Ëmlafbunn fir mech an op där géif ech ronderëm dréinen an un näischt méi denken. D'Himmelskierpere këmmere sech normalerweis net ëm dat, wat d'Mënschen op der Äerd maachen. Si loosse se gewäerden. Et gëtt kee gudden a kee schlechte Stär. Et gëtt awer gutt a schlecht Mënschen. Hiert Liewen interesséiert d'Planéiten net. Si dréinen an dréinen an zéien zënter éiweg hir Spiralen a mir dréine mat an et gëtt de Leit dobäi mol net dronken. Just mir heiansdo.

Soubal ech am Zëmmer sinn, stellen ech De Fluff nees hannescht bei déi aner Bicher. All meng Gedanken an Iwwerleeunge si mer wéinst deem Buch duerch de Kapp gaangen an dofir hunn ech gläich am Ufank vun der Seance e frëscht Blat missen huelen.

Ech zeechnen eng Klunsch: Dräi Staangen an zwee Seeler. Un deem enge Seel hänkt e wackelege Sëtz, dat anert loossen ech erofhänken. Ech zeechne ganz gedëlleg.

D'Madamm Wallmer kuckt mer no. Si ass méi konzentréiert wéi ech. Ech bäisse mer op d'Lëpsen. Ech erënnere mech genee un deen Owend, wou ech nees d'Ouninumm gi sinn.

– No menger Auditioun bei der Police Judiciaire hätt jo alles nees normal kënne ginn. Wéi schlëmm et nach oweskfir mech géif weidergoen, konnt ech mer net virstellen.

Domat hat d'Madamm Wallmer net gerechent. Et gesäit een hir et of. Si fält aus alle Wolleken. Ech froe mech, ob dat eppes mat der Unzéiungskraaft vun der Äerd ze dinn huet, déi am Max sengem Stärebuch erkläert gëtt? ... Et kann een deen Ausdrock ëmmer benotzen, och wa keng Wolleken um Himmel sinn.
– Firwat hues de dann elo eng Klunsch gezeechent? A woura läit den Zesummenhang tëschent der Klunsch an denger Auditioun?
– Et geet net nëmmen ëm meng Auditioun. Och ëm déi vu menger Mamm. Si huet och missen temoignéieren. Soubal si bei d'Marielle a mech an de Wartesall komm ass, huet alles ugefaangen. Ech hätt mat hirer Reaktioun rechne missen.
– Wat fir eng Reaktioun?

– Meng Mamm wär net frou driwwer gewiescht, wann ech hir gesot hätt: „Mamm! Lauschter! Ech ginn doriwwer auditionnéiert, wat ech dir erzielt hat. An d'Marielle geet mat mer" … Dowéinst hat ech hir näischt gesot.
– Du has méi Vertrauen an d'Madamm Dorbach.
– An d'Marielle, jo. Wéi meng Mamm eis am Wartesall gesinn hat, huet se mech gefrot, firwat ech hir dat undoe géif an si huet d'Marielle gefrot, ob hatt meng Mamm wär.
– Da war s'erféiert, wou se gewuer ginn ass, si misst och aussoe goen. Mengs de net?
– Erféiert? Rose war se … An ech war do sou enttäuscht a sou rosen iwwert si, dat ka kee Mënsch sech virstellen. Ech hu mech gefrot, wat si wärend hirer Auditioun soe géif. Ech war erléist, datt ech dat hannert mer hat. Dofir hunn ech gehofft, meng Mamm géif mer net an de Réck falen. Ech hat Angscht. Vläicht hat s'erzielt, ech hätt alles erfonnt … Ech wär sou gär eng Maische bei hir gewiescht. Eng plüsche Maischen.

D'Madamm Wallmer muss schmunzen. Ech kéint lo e Plüschdéier an de Kuerf siche goen. Als Ënnerstëtzung. Ech brauch Verstäerkung. Awer de Gedanke verflitt séier. Eng Maischen am stréie Kuerf verpasst haut hiren Asaz.
– Wéi hues du da reagéiert?
– Guer net. Si ass duerno gläich an d'Salle d'audition gaangen. Ech hu mech fir meng Mamm geschummt. Sech esou ze behuelen! Mech an d'Marielle esou ze blaméieren!
– An owes, wéi deng Mamm heemkomm ass, wat huet se dann do gesot?
– Do war se richteg eekleg mat mir. Si huet alles an d'Lächerlecht gezunn … Ech hunn den Tirang vu mengem Schreifdësch opgemaach an all déi Saache vu fréier erëmfonnt, déi ech versuergt hat. Dobäi hat ech déi al Souvenire gutt verstoppt. An do bei der Klunsch sinn ech nees d'Ouninumm ginn. Ech hu geziddert. Ech wollt net méi … Ech konnt net méi …

Ech gesi mech an de Gaart goen, bei d'Klunsch, muss un d'Seel denken a kucken dobäi op d'Kloterseel am Zëmmer. Ech kéint dach eng Kéier, eemol wéinstens, vun deem Kloterseel profitéieren, dat hei vum Plaffong erofhänkt.

Ech zéien d'Blat, op dat ech d'Klunsch mam lassene Seel gezeechent hat, nees um Schreifdësch bei mech eriwwer an zeechne mat engem giele Stëft e klenge Krees e puer Zantimeter iwwert der horizontaler Staang vun der Klunsch.

– Dat ass de Mound. Ech mengen, et war Vollmound.

Fir den helle Schäi vum Mound ënnen an der Wiss tëschent den zwou vertikale Staangen ze verstäerken, molen ech méi e grousse giele Rondel op déi Plaz vum Blat.

Der Madamm Wallmer hir Ae fénkelen. Et ass, wéi wa se mat mir op der Klunsch beliicht gëtt.

– De Mound huet net nëmme gutt Aen an de Kannerbicher. Ech war jo nëmmen e klenge Punkt am Gaart.

– An de Mound huet dech gesinn.

– En huet mech gesicht … an en huet mech fonnt.

– Dech, e klenge Punkt op der Äerd? … Wéi e Stëbskär.

– Stärestëbs.

D'Madamm Wallmer muss schmunzen.

– En huet sech vu senger gudder Säit gewisen.

– Huet en dann och eng schlecht Säit?

– Déi, déi net beliicht ass, vläicht.

– Vläicht hat en eppes géint e Meedchen, dat scho fir d'zweet keen Numm méi wollt hunn.

Lo muss ech schmunzen. A schonn ass d'Zäit nees eriwwer. Ech gi laanscht d'Bicherregal. D'Zëmmer mat de Miwwelen, d'Bibliothéik mat de Bicher, de Kuerf mat de Plüschdéiere si gespaant gewuer ze ginn, wéi de Mound net nëmmen an imaginäre Geschichten e besonnescht Liicht entwéckele kann, mee och a Wierklechkeet. Ech drécken de Petzien, menge klenge Komplizen, en A zou.

25

D'Marielle hëlt säin Handy a geet sech op de Kannapee sëtzen. Et scrollt um Site vu *justice.public.lu*. Gëschter Owend an nom Virfall mat der Madamm Mischels de Moien hat et net déi néideg Rou, am Internet ze surfen. Mëttes hat et sech scho kuerz informéiert an déi néideg Renseignementer fonnt, wat een am Zesummenhang mat Mëssbrauchsfäll ënnerhuele soll.

Den Yves kënnt lo grad heem. D'Mia ass a senger Kummer. Den Yves geet nach kuerz erop bei et. D'Marielle waart op en.

No e puer Minutte steet den Yves niewent dem Kannapee a gehäit e Bléck op den Handy.

„Wat hues de wëlles?"

E sëtzt sech niewent d'Marielle.

„Mir mussen dem Connie hëllefen."

An der ieweschter Rubrik klickt d'Marielle op *Famille*. Eng Textsäit geet op: *Protection de la Jeunesse – Signalement des mineurs en danger*. Um Ecran eng Foto vum Stater Palais de Justice. An der Foto steet: *Un enfant en détresse – Faire un signalement*. D'Marielle klickt drop. E Video vum Här David Lentz, Procureur d'État adjoint, Responsabel vun der Abteilung Jugendschutz, fänkt un.

Sou gi se gewuer, firwat een eng Jugendschutzmeldung maache muss. Et muss een et mellen, wann déi sozial an emotional Entwécklung vum Kand menacéiert ass. Et gëtt keng abusiv Jugendschutzmeldung, wann een am gudde Glawen handelt.

Si kucke sech un, wat alles op dem Formulaire fir e Signalement fir de Parquet ausgefëllt muss ginn.

„Et ass vill fir auszefëllen", seet den Yves.

D'Marielle hëlt déi Bemierkung falsch op. „Wëlls du dann net, datt …?"

„Sou hunn ech et net gemengt."

„Et geet och méi séier, wann ee selwer mam Kand an de Service vum Jugendschutz geet."

„Du wëlls mam Connie dohin?"

„Et ass déi beschte Léisung."

„A seng Mamm?"

„Ech huelen net un, datt seng Mamm dozou bereet ass, sou wéi se reagéiert huet." D'Marielle klickt, scrollt, sicht. „Et kann och eng Personne de confiance matgoen, am Fall wou keen Elterendeel oder gesetzleche Vertrieder matgeet."

„Du weess jo net, ob d'Madamm Mischels net matgeet."

„Si huet d'Connie als Ligenesch bezeechent. Si ass iwwerfuerdert. Si acceptéiert d'Wouerecht net. Du hues se jo héieren … De Moment mol nach net. Dat ass – hei kuck! – *non-assistance à personne en danger*. D'Connie brauch just auszesoen. Hatt huet Vertrauen a mech. Soss wär et net bei mech komm. Ech ka säi Vertrauen a mech net enttäuschen. Ech wëll elo net nach laang waarden."

Den Dag drop muss d'Marielle d'Connie moies fréi offänken. Hatt gëtt Spiounin bei der Fënster zur Stroossesäit, vum Riddo verdeckt. Mol net am Dram hätt et sech virstelle kënnen, eng Kéier esou eng Roll ze spillen. Et passt op, wéini dem Connie seng Mamm mam Max d'Haus verléisst. Et hätt d'Connie och beim Busarrêt offänke kënnen, wann et de Bus fir an de Lycée hält. E puer Minutte ginn eriwwer. D'Marielle gesäit d'Nopesch an de Bouf elo um Trottoir. Hatt kuckt hinnen no, bis s'aus sengem Bléckfeld verschwonne sinn. Et geet eriwwer schellen. Hatt war nach ni bei se schellen.

D'Marielle erzielt dem iwwerraschte Connie kuerz, wat et bei senger Recherche gewuer gi war, wat et mat deem Jugendschutz op sech huet an erkläert him, wéi et weider virgoe wëllt. D'Connie zéckt, et weess net, wat et dovun hale soll. Dat kënnt lo sou onerwaart. D'Marielle hat domat gerechent, datt d'Connie fir d'éischt emol zweifele géif. Mee d'Connie lauschtert gutt no. Et geet ëm hatt. Nach ni ass et sou richteg ëm hatt gaangen. Nach ni huet eng Persoun sech wéinst senger Suerge gemaach an him hëllefe wëllen.

„Et geet net duer, wann ech et weess. Du hues dat elo laang genuch mat der erëmgeschleeft", seet d'Marielle.

D'Connie mécht en nodenklecht Gesiicht. „Meng Mamm léisst mech dach net goen."

„Du wollts dach, datt een et gewuer gëtt. Wat notzt et, wa mir zwee dat elo fir eis halen? Do, wuer mer ginn, si kompetent Leit, déi der nolauschteren, well s du de Courage dozou hues."

D'Marielle gëtt dem Connie den Dag drop géint 16.00 Auer Rendez-vous beim Kommissariat. D'Connie erféiert. Wie géif net erféieren? Et gëtt méi flott Plaze fir e Rendez-vous.

„Beim Kommissariat de Proximité. Du weess, wou en ass?"

„Jo."

„Du muss mer vertrauen, gell. Dat ass elo dat Wichtegst. Du brauchs näischt ze fäerten. Ech gi mat der, wann deng Mamm dech net goe léisst."

D'Connie wëllt sech vu senger staarker Säit weisen. Eemol staark sinn. Eemol sech net zréckzéien. Et weess, datt seng Mamm net matgeet. Et hätt kee Sënn, se ze froen. Et weess, datt a sengen nächste Schrëtt eng grouss Hoffnung läit. Et ass déi eenzeg Geleeënheet.

„Verspriech mer, dass de kënns."

„Versprach."

26

Wann ee ganz fest dovun iwwerzeegt ass, datt een eng schwéier Decisioun huele muss, fält s'engem liicht. D'Connie hält säi Wuert. Senger Mamm hat et gesot, et géif de Bus huelen a bei seng Frëndin Sandrine goen. Eng Noutligen. „Wann een nach ni gelunn huet", denkt et, „däerf een dat roueg eemol an der Nout maachen."

D'Marielle steet schonn do op et ze waarden. D'Connie huet eng schwaarz Kap un, déi et zënter et seng Hoer geschnidden hat, meeschtens unhuet.

Eng gewëssen Nervositéit läit an der Loft. Eng kuerz Begréissung. D'Blécker sinn eescht an d'Behuelen ass un d'Situatioun ugepasst: Zimmlech steif a bei béide mat enger spierbarer ënnerlecher Onrou.

Den Empfang am Kommissariat ass fréndlech. De Polizist am Guichet, deen no engem kuerze Gespréich mat der Madamm Dorbach déi besonnesch Situatioun erkannt huet, schéckt s'an e Büro niewendrun, wou sech ëm dat speziellt Uleies bekëmmert géif ginn. Do hält en anere Polizist de Sachverhalt, deen d'Madamm Dorbach him matdeelt, schrëftlech fest an no engem kuerzen Telefonsuruff, seet hien, de Parquet wär informéiert an dee géif dat Néidegst an d'Weeër leeden. D'Connie géif gläich beim Service de Policice Judiciaire zu Hamm auditionnéiert an d'Madamm Dorbach kéint als Vertrauenspersoun matgoen.

De Policebeamten aus dem Guichet gëtt zu hirem Privatchauffer. D'Marielle an d'Connie sëtze sech hannen an de Policeauto. Et ass gutt, datt kee Kënnege se gesinn huet, eraklammen. Da gëtt et och kee Klaatsch. Ënnerwee gëtt bal net geschwat. De Polizist reegt sech e puermol iwwert dee ville Verkéier op. D'Marielle an d'Connie sinn zimmlech ugespaant, well se net wëssen, wéi et lo viru sech wäert goen. Et ass e gelungent Gefill, an engem Policeauto ze sëtzen. Si halen op enger Parkplaz virun engem grousse Gebaikomplex. Op der gliesen Entréesdier vum säitlechen Ubau steet grouss *Service de Police Judiciaire*. De Polizist schellt, de Concierge vum Accueil kënnt hinnen opmaachen. D'Connie an d'Marielle waarde kuerz an der Salle d'attente. No e puer Minutte kënnt eng jonk Fra – laangen, moudesche Rack, Léngeblazer, eng Halskette mat décken, faarwege Pärelen – d'Connie era sichen a si zwee ginn an d'Salle d'audition. Niewent der Dier steet op engem Schëld: *Section de protection de la jeunesse et infractions à caractère sexuel*.

De Sall ass einfach ageriicht. Si sëtze sech bei en ovalen, gliesen Dësch, op deem just eng Këscht mat Nuesschnappecher steet a bei deem zwou Fotelle stinn. Um Buedem en Teppech, op der Säit zwee Still, e Kannerstillchen an e klengen Dësch.

„Mäin Numm ass Laura Delpierre", stellt déi jonk Madamm sech vir. „Ech sinn Enquêtrice bei der Police Judiciaire. Do ass d'Madamm Kinziger, Kannerrechtsaffekotin." Si weist op eng Damm – Tailleur, wäiss Blus, seide Foulard –, déi en retrait an engem Eck vum Sall sëtzt, fir aus dem Connie sengem Bléckfeld ze bleiwen. „Well deng Mamm net dobäi ass, wäert si bei denger Auditioun präsent sinn."

„Bonjour Connie", seet d'Affekotin.

„Moien", seet d'Connie.

„Wéi s de gesäis, sinn dräi Kameraen uewen un de Maueren installéiert, déi aus verschiddene Wénkelen d'Auditioun ophuelen", seet d'Madamm Delpierre. „Looss dech net dovun aus der Rou bréngen. Et ass Usus, dass gefilmt gëtt. Versich sou gutt wéi méiglech, dech vun näischt ronderëm oflenken ze loossen. Vun dengen Aussoe gëtt en Transkript gemaach. Sou brauchs de nëmmen eemol auszesoen. Wann s du eppes net verstees, da kanns du soen ‚Ech verstinn dat net'. Oder ‚Ech weess et net'. A wann ech eppes net verstinn, da froen ech och no. Ech loossen der Zäit z'iwwerleeën."

Si mécht eng Paus. Wärend der Auditioun wäert si sech mental d'Froen aus dem Auditiounsprotokoll ofruffen, deen d'NICHD – *d'National Institute of Child Health an Human Development* – fir dës spezifesch Auditiounen opgestallt a fir déi si och eng extra Formatioun kritt hat. Et ass eng international applizéiert Technik, déi d'Enquêtricen an d'Enquêteure léieren, fir d'Auditioun an e puer Etappen opzedeelen, vu méi allgemenge bis zu ëmmer méi präzise Froen. Suggestiv Froe sinn ausgeschloss, well déi d'Persoun, déi befrot gëtt, an eng bestëmmte Richtung beaflossen oder manipuléiere kéinten. Et geet drëms, e fräie Recit vum Meedchen ze kréien.

Si mécht déi Zort vun Auditioune scho säit siwe Joer a si wäert d'Connie guidéieren, fir et sou exakt wéi méiglech iwwert déi konkret Faiten erzielen ze loossen, ouni et ënner Drock ze setzen. Et däerf net wéi e Verhéier op hatt wierken.

„Du kanns dech lo am Ufank kuerz virstellen, mer eppes iwwert dech erzielen, zum Beispill, wat s du am léifste méchs, fir dech besser kennen ze léieren."

D'Connie ass iwwerrascht. Wéini hat een hatt fir d'lescht gefrot, et soll eppes iwwert sech erzielen? Do war dach déi lescht Deeg esouvill virgefall, et weess net, wou et ufänke soll.

„Ech heesche Connie Mischels. Ech ginn an de Lycée Méchel-Lentz. Ech sinn op 6ᵉ an ech léiere vläicht fir Aide-Soignante. Ech hunn e Brudder. Mir wunnen zu Esch. Meng Eltere si gescheet … Hmmm … Ech si frou, datt d'Schoul nees ugefaangen huet." D'Connie mécht eng Paus. Et erwaart sech, datt d'Enquêtrice dozou vläicht eppes seet, mee déi seet näischt, sou datt d'Connie weiderfiert: „An der Schoul sinn ech ofgelenkt, well ech do alles ewechdenke kann, wat mech soss beschäftegt. Ech hale mech net vill mat aneren op, well déi verstinn net, firwat ech mech ëmmer sou zréckzéien."

D'Connie zéckt. Soll et soen, datt et sech nees besser spiert, zënter hatt dem Marielle *et* erzielt hat, a wéi erléist et an deem Moment war?

„Wëlls du dozou lo net méi soen?"

„De Moment net."

„Merci, Connie", seet d'Madamm Delpierre. „Meng Aarbecht besteet dodran, mat de Kanner oder de Jugendlechen iwwert dat ze schwätzen, wa hinne geschitt ass. Et ass dofir wichteg, dass du mer sees, firwat s du hei bass. Du bass mat der Madamm Dorbach heihi komm. Si ass net deng Mamm?"

„Neen. Si ass eis Nopesch. Ech hunn hir et erzielt."

„Als Personne de confiance souzesoen?"

„Hmmm … Jo."

„Da so mer, wat s du hir erzielt hues?"

D'Connie hëlt déif Loft, bleift ganz konzentréiert a säi Bléck ass op d'Enquêtrice fixéiert.

„Ech hunn hir gesot, wat mäi Papp gemaach huet. Ech hu geduecht, hie géif dat maachen, well ech seng kleng Pëppche wär, dat wär normal, en huet mer virdru meng Hoer gekämmt … Ech hunn ëmmer geduecht, ech misst engem dat soen, ech wousst awer net wéi … Ech hunn dat lo laang genuch mat mer erëmgeschleeft an déi eenzeg Persoun, där ech dat konnt richteg soen, dat war d'Marielle … also d'Madamm Dorbach."

D'Connie leet eng Paus an a kuckt d'Enquêtrice. Dat war him lo liichtgefall, dat esou z'erzielen. Esou normal, esou einfach, wann een net méi opgereegt brauch ze sinn.

D'Enquêtrice kuckt d'Connie nach ëmmer mat hirem konzentréierte Bléck. Op d'Fro, ob e Member vu senger Famill eppes mat him gemaach hat, vun deem et mengt, dat wär net richteg gewiescht, äntwert d'Connie, säi Papp hätt et zweemol un enger intimer Partie vu sengem Kierper geheemelt.

D'Connie muss schlécken a mécht eng kuerz Paus. Et ass iwwerrascht, datt et keng Schimmt fillt, fir dëser Fra dat ze soen.

Well et gefrot gëtt, sech esou gutt wéi méiglech un déi éischte Kéier z'erënneren, seet d'Connie, et hätt deemools ongeféier aacht Joer gehat. Et hätt et e puer Joer laang vergiess. An do am

Cycle Véier-Zwee, wärend dem Cours iwwert de mënschleche Kierper an d'Sexualitéit hätt et sech nees erënnere kënnen, besonnesch duerch d'Iwwerschrëft op der Tafel „Mein Körper gehört mir".

D'Connie mécht eng Paus, béckt de Kapp, reift sech d'Stier, gesäit d'Bild mat der grousser grénger Tafel a mat der wäisser Kräidschrëft viru sengem geeschtegen A. Hatt bleift weider konzentréiert, fir nach an där Erënnerung ze bleiwen an erzielt, wéi s'an der Klass iwwer d'Nee-Gefiller beim Kontakt mat enger Persoun geschwat haten, an dass et him do bewosst gouf, wat geschitt war, lues a lues.

„An do op eemol wärend dem Cours hunn ech e Kribbele gespuert, e Reiz... Do konnt ech mech nees erënneren. Eis Léierin sot, et dierft ee schlëmm Geheimnisser net fir sech halen."

„U wat erënners du dech dann nach?"

„Ech sinn do an déi Zäit... zréckgeworf ginn an ech konnt mech nees erënneren. Net un all Detail. Awer un de Kaméidi. Mäi Papp hat deen Owend e puer Aarbechtskolleegen invitéiert. Si wollten d'Finall kucken. Meng Mamm war bei eng Frëndin, mam Max, mengem Brudder."

D'Madamm Delpierre ka sech denken, datt et sech ëm e besonnescht sportlecht Evenement op der Tëlee handelt, si muss awer nofroen, fir méi Detailer ze kréien. Fir si ass et wichteg, datt déi zäitlech an déi raimlech Anuerdnunge vun der Strofdot sou präzis wéi méiglech ginn an dem Connie seng Ausso doduerch u Glafwierdegkeet gewënnt.

„Do gouf e Fussballmatch op der Tëlee iwwerdroen, oder?"

„Jo, et war d'WM-Finall am Fussball."

„Firwat kanns du dech sou genee dorun erënneren?"

„Hien hat en däitschen Tricot un. Ech hunn dat gutt gesinn. Hie war ganz opgereegt... Eng Kéier wollt ech erausfannen, ob meng Erënnerung stëmmt. Dat huet mer keng Rou gelooss."

„Deng Erënnerung un deen Owend?"

„Jo. Déi Finall war den 13. Juli 2014."

„An du weess dat sou genee?"

„An der Vitrinn bei mengem Papp am Salon sti Fussballbicher. Iwwert d'Weltmeeschterschaften an d'Europameeschterschaften. Ech hunn dat eng Kéier nogesicht."

Well d'Madamm Delpierre lo net den Androck mécht, wéi wa si eng Tëschefro stelle wéilt, fiert d'Connie weider: „An deen Owend hu s'ënnenan haart gejaut. Si hate souguer scho mëttes d'Stuff mat däitsche Fändele gerëscht ... Do ass hie bei mech an d'Buedzëmmer komm an huet mer meng Hoer gekämmt. Duerno ass e mat mer a meng Schlofkummer gaangen an ech hu mech an d'Bett geluecht. Ech wär nach ze kleng, fir soulaang opzebleiwen, sot en. ... An ier e mech zougedeckt huet, huet e meng Pyjamasbox an d'Ënneschtbox erofgestrëppt a mech beréiert ... Ech soll senger Ekipp d'Daumen halen ... Jo."

„Wéi war d'Finall dann ausgaangen?"

Déi Fro iwwerrascht d'Connie. „Nee wierklech!", denkt et. Mengt d'Enquêtrice tatsächlech, wann hatt d'Resultat wéisst, da wären den Ufank an de ganze Rescht och wouer? Dat wär dann en zousätzleche Beweis fir seng Éierlechkeet a seng Glafwierdegkeet. D'Connie tréischt sech séier mam Gedanken, si wär wierklech um Resultat interesséiert, besonnesch un engem vun enger WM-Finall.

„Eent zu Null fir Däitschland."

„An du weess dat nach?"

„Ech sot Iech jo, dat steet an engem vun deene ville Fussballbicher. Ech wollt erausfannen, wéini et war."

Dem Connie seng Stëmm huet lo ganz energesch geklongen. Et ass erliichtert, datt e Fussballresultat huet missen duerhalen, fir seng Glafwierdegkeet z'ënnermaueren.

„Meng elo net, Connie, dat wär en Test gewiescht fir erauszefannen, ob s d'iwwerall bei der Wouerecht bliwwe bass. Ech wëll net, dass du dat sou ophëls. Ech gleewen der."

„Neen, neen. Kee Probleem." D'Connie ass berouegt.

„Du has vun zweemol geschwat."

„Zwou … oder dräi Wochen duerno ass et nach eemol geschitt."

„An duerno net méi?"

„Neen."

„Ausser der Madamm Dorbach, hues de soss kenger Persoun eppes erzielt?", wëllt d'Madamm Delpierre lo wëssen.

„Dach. Menger Mamm."

„Vu wéini u weess si da Bescheed?"

„Hmmm … Virgëschter Owend ass si et gewuer ginn. Ech hunn der Madamm Dorbach et gesot … an duerno hunn ech et och misse menger Mamm zouginn. Ech war fir d'éischt der Madamm Dorbach, also eiser Nopesch, dem Marielle, et soe gaangen … an do ass meng Mamm et och gewuer ginn. Ech hunn hir et och missen … zouginn."

D'Enquêtrice hëlt hire Block a mécht sech Notizen. Wann dem Connie seng Mamm et eréischt gewuer ginn ass, nodeems d'Meedchen et der Nopesch erzielt hat, misst iwwerpréift ginn, ob dat der Wouerecht entsprécht. Et kéint jo och sinn, dass d'Madamm Mischels schonn éischter Bescheed wousst an et vertuscht hätt. Da wär si wéinst deem Vertuschen an engem méigleche Matwëssen awer wirklech implizéiert. Iwwert hir Roll misst sech nach Kloerheet bei där Madamm selwer verschaaft ginn.

„Hues du nach eng Fro u mech?"

D'Connie iwwerleet kuerz. Et huet d'Gefill, et hätt alles gesot, wat et ze soen hat.

„Neen."

„Wéi geet et dir lo?"

„Besser … besser wéi virdrun."

„Du hues mer lo vill gesot an ech soen der Merci fir deng Éierlechkeet an däi Vertrauen. Wann s du nach mat mer schwätze wëlls, kanns du mech op dëser Nummer uruffen. D'Dier steet der hei ëmmer op."

Si reecht dem Connie eng Visittekäertchen, hatt steet op, hëlt hir s'of a stécht s'an d'Säitegefaach vu sengem Rucksak.

D'Affekotin, d'Madamm Delpierre an d'Connie stinn op a verloossen d'Salle d'audition.

27

D'Marielle sëtzt am Wartesall op d'Connie ze waarden. D'Auditioun, déi den Enquêteur, den Här Reimen, mat him gefouert hat, ass schonn eng gutt Zäit eriwwer. Si hat net laang gedauert, eigentlech war et keng Auditioun, éischter en oppent Gespréich, an deem d'Marielle kuerz erzielt huet, wéi et dozou komm war, dass hatt iwwert de Mëssbrauchsfall Bescheed wousst a firwat et decidéiert hat, mam Connie heihinzekommen.

D'Connie ass frou, d'Marielle ze gesinn. D'Marielle wénkt dem Connie mam Kapp. En Zeeche vun Erliichterung. Si wëssen net, wat si sech soe sollen an ob si nach waarde mussen. A wann, dann op wat? An esou verginn nach zéng laang Minutten am Wartesall, bis d'Madamm Delpierre erakënnt.

„Entschëllegt, dass ech iech waarde gelooss hunn", seet si. „Ech hu wéinst der Koordinatioun vun der Enquête mam Parquet Récksprooch missen huelen."

„Könne mer nach net heemfueren?", freet d'Madamm Dorbach.

„Mir waarden nach op d'Madamm Mischels."

„Op meng Mamm?", freet d'Connie iwwerrascht. Domat hat et net gerechent.

„Wann net ze vill Verkéier ass, misst se geschwënn hei sinn. Mir hu se missen a Kenntnis setzen, dass du ausgesot hues."

D'Connie werft en erféierte Bléck op d'Madamm Dorbach.

„D'Madamm Mischels, deng Mamm, huet d'Autorité parentale", erkläert d'Madamm Delpierre. „Si muss dofir och temoignéiere kommen. Dat ass den übleche Wee."

„Ech hunn Iech dach alles gesot", seet d'Connie a léisst de Kapp hänken. D'Madamm Dorbach leet him d'Hand op d'Schëller.

„Wëllt Der sou laang waarden?", freet d'Madamm Delpierre.

„Wéi wa mer de Choix hätten", denkt d'Madamm Dorbach genervt. D'Connie wénkt mam Kapp. Et dréint sech zum Marielle a seet an engem onglécklechen Toun, wéi e spéiden Aveu: „Ech hat menger Mamm awer näischt heiriwwer gesot."

D'Marielle hat sech näischt Aneschters denke kënnen. Hatt zitt als eenzeg Reaktioun d'Schëlleren erop.

Op engem Dësch am Wartesall sti kleng Fläsche Waasser. Si sinn auserdiischtert. Op e puer Etagèrë leie Stoffdéieren, Kaartespiller, Kannerpëselen, Lego, Molstëfter a Molbléck, DVDen, op der Mauer hänkt e grousse Flatscreen. Et ass hinnen lo net fir e Film ze kucken. Si buere Lächer an d'Loft.

No enger gefillter Éiwegkeet kommen d'Madamm Delpierre an d'Madamm Mischels an de Wartesall. D'Connie spréngt op fir bei seng Mamm ze goen, wéi e Reflex, fir sech z'entschëllegen oder op d'mannst fir hir eng Erklärung ze ginn. Et mengt, si kéim op elo hatt duer, fir et ze vernennen, neen!, si léisst et lénks leien, geet riicht op d'Madamm Dorbach lass an da bleift se stoen. D'Madamm Dorbach steet aus Héiflechkeet op, fir Bonjour ze soen.

„Wat geet Iech un?", freet d'Madamm Mischels mat engem aggressiven Ënnertoun. A well dat als Fro nach net duergeet, freet se nach ganz gehässeg: „Sidd *Dir* well seng Mamm?"

Dem Marielle ass eng Reaktioun am Hals stieche bliwwen. Hatt schléckt. Dann dréint sech d'Madamm Mischels energesch bei d'Connie, béckt sech bei hatt erof, bekuckt et mat engem gëftege Bléck a freet lues: „Wat ass dann an dech gefuer? Geet et net schonn duer, dass de déi Lige bei eis doheem verbreets?" Da steet se nees riicht an zitt iwwerdriwwen d'Nues erop.

D'Connie vergrueft d'Gesiicht an den Hänn. D'Marielle muss reagéieren. Hatt zitt dem Connie d'Hänn duuss ewech, sou wéi ee kleng Poppeschafsdieren opmécht. Si kucke sech an d'Aen. Verschwomme Blécker. D'Connie verzitt de Mond, et kritt kee Wuert eraus.

D'Madamm Delpierre gëtt der Madamm Mischels mat enger klenger Handbeweegung ze verstoen, dass si sech berouege sollt an invitéiert s'an engem frëndlechen Toun niewendrun an d'Salle d'audition ze goen, wou schonn den Enquêteur, den Här Reimen, op si fir hir Auditioun waarde géif. Da seet si der Madamm Dorbach, wann d'Connie net op seng Mamm waarde wéilt, kéinten si lo heemfueren.

„*Waarts* d'op deng Mamm?", freet d'Marielle.

„Ech fuere mat *dir*", äntwert d'Connie.

Ënnerwee fir heem gëtt grad sou wéineg geschwat wéi um Wee fir dohin. D'Ugespaantheet ass fort, awer den Optrëtt vun der Madamm Mischels verhënnert d'Gefill vun der Erliichterung. Erléist fille si sech net. Hir Froen an deem gehässegen Toun stiechen hinnen zwee nach an de Glidder an an de Käpp.

D'Marielle weess net richteg, ob et d'Connie wéinst deem, wat virgefall war, tréischte kann. Wann iwwerhaapt, da wéi? „Hunn ech da meng Kompetenzen iwwerschratt? Hunn ech d'Madamm Mischels hannergaangen?" Hätt et näischt ënnerhuelen an alles einfach ignoréiere sollen? ... Neen! Hatt war dem Connie dat schëlleg. Et wollt nëmmen dat Bescht fir hatt. Et huet nom gesonde Mënscheverstand gehandelt. Wéi hat de Procureur adjoint am Video gesot: „Et gëtt keng abusiv Jugendschutzmeldung, wann een am gudde Glawen handelt." Dat hat hatt gemaach. An et hat d'Connie bis op déi offiziell Plaz begleet, wou eng kompetent Persoun him nogelauschtert hat. Kee Mënsch kann him eppes virwerfen. Dat, wat d'Connie him uvertraut hat, konnt et net fir sech behalen an domadder hat et him e groussen Déngscht erwisen. Op dat, wat elo nach geschitt, huet d'Marielle keen Afloss.

Op Wonsch vun der Madamm Dorbach, léisst de Polizist déi zwee Passagéierinnen beim Busarrêt bei der Stäreplaz eraus. Vun do ass et fir si net méi sou wäit fir heem wéi vum Kommissariat aus. Si soen dem Polizist Merci – dee wënscht hinnen nach e schéinen Owend – a klammen aus dem Auto.

Et bléist op eemol e staarke Wand, d'Autosdiere klaken zou, an et fänkt u mat reenen. D'Marielle an d'Connie gi plätschnaass.

Si hu kee Prabbeli bei sech. Déi puer Leit, déi beim Arrêt op hire Bus waarden, stelle sech ënnerdaach. D'Marielle weess, datt et nach eppes soe muss. Esou kann hatt d'Connie net goe loossen. Hatt ass rosen, datt et déi Zäit virdrun am Auto net awer fir e klengt Gespréich genotzt hat. En ofschléissend Gespréich? ... Näischt ass ofgeschloss. Et fänkt lo réischt alles un. Fir d'Connie a fir seng Mamm. D'Marielle weess, datt d'Madamm Mischels no hirer Auditioun gerode kritt, déi néideg Schrëtt z'ënnerhuelen, fir selwer Hëllef, Berodung a Begleedung unzefroen. Dem Marielle seng Roll ass lo mol eriwwer, wann een an dësem Fall iwwerhaapt vun enger Roll schwätze kann.

D'Connie wär frou, wann et nees doheem wier, déi Leit hei ronderëm sinn him ze vill, fort vun der Keelt, eraus aus der Däischtert.

„Deng Mamm huet et net sou gemengt."

„Ech hätt hir et soe sollen."

„Hätt se dech da goe gelooss?"

„Ech weess et net."

„Schwätz mat denger Mamm, Connie. Zéck net, wann s de meng Hëllef brauchs. Dat Schwéierst hues du hannert der."

D'Connie wénkt mam Kapp. D'Marielle iwwerleet, ob et d'Connie froe soll, ob et mat him heemgoe wëilt. Hatt geet dovun aus, datt dem Connie säi Brudder bei d'Frëndin vun der Mamm gaangen ass. Dat muss dann am spéiden Nomëtteg nach niewent dem Telefonsuruff vum Service de Police Judiciaire en zousätzleche Stressfacteur gewiescht sinn, fir de Bouf séier versuergt ze kréien. Mee et fënnt, datt et besser wär, d'Connie wär doheem, wa seng Mamm erëmkënnt.

„Wann eppes ass, da sees de mer Bescheed, gell?"

„Awuer Marielle. A Merci."

„Äddi Connie."

D'Marielle léisst d'Connie virgoen. Et reent lo méi wéi virdrun.

D'Connie geet duerch de Reen, wéi duerch en Niwwel. Et kënnt sech vir wéi an engem Tunnel. Et ass geschützt vun uewen, vun de Säiten. De Buedem fest ënnert de Féiss. E klenge Liichtbléck virun den Aen. Am Auto huet et sech gefrot, ob et dat Richtegt gewiescht war. Réckgängeg maache kann et elo näischt méi. Mat der Reaktioun vu senger Mamm hätt et rechne missen. Et wëll se lo net a Schutz huelen. Awer wat fir eng Mamm géif net am éischten Ablack a Panik geroden, wann s'op eemol ugeruff kritt, hiert Meedche wär mat der Nopesch beim *Service de Police Judiciaire* fir eng Ausso ze maachen an och *si* misst aussoe goen? … Trotzdeem … Fir hiren Optrëtt vun de Mëtteg huet d'Connie kee Versteesdemech. Et hofft ganz staark, datt seng Mamm sech wärend hirer Auditioun och vun enger Laascht befreie konnt an hir Laun sech doduerch verbessert hat.

28

De Moment ass et nach roueg am Haus. D'Connie weess net, wéi et sech oflenke soll, bis seng Mamm heemkënnt. De Max ass nach net doheem. No enger Zäit héiert d'Connie seng Mamm d'Trapen eropkommen. Rose Schrëtt. Kee gutt Zeechen. D'Connie rechent mat deem Schlëmmsten. Et sëtzt sech op d'Bett. Do läit d'Decke prett, wann et sech verkrauche muss.

„Wat bass du fir eng Ligenesch!"

D'Connie hofft, datt dat sech nëmmen op hatt als Noutligenesch bezitt, well et senger Mamm gesot hat, et wär de Mëtteg bei eng Frëndin, bei d'Sandrine.

„Et deet mer Leed."

„O, et deet der Leed", knoutert seng Mamm a wackelt ironesch mam Kapp. „An dass ech de Mëtteg ausgequetscht gi sinn, deet der net Leed? Sief frou, dass ech der net an de Réck gefall sinn."

Obwuel d'Connie erliichtert ass, weist et dat net. Wa seng Mamm seet, si wär him net an de Réck gefall, kann dat nëmmen heeschen, datt si hatt bei hirem Enquêteur net als Ligenesch dohi gestallt huet.

„Dat war net einfach … Fir dech sécher och net?"

„Neen."

D'Connie ka sech net erklären, firwat seng Mamm elo sou frëndlech wierkt. Hatt ass skeptesch.

„Et war fir keen einfach", seet seng Mamm.

„Wat ass mat hir geschitt?", denkt d'Connie. „Ass s'och erléist, datt si huet dierfe schwätzen? Huet s'alles gesot?"

„Neen, fir keen", seet d'Connie.

Lo hieft seng Mamm awer d'Stëmm: „Wat ass da mat dir lass? … Neen … Neen. Hoffentlech waars du de Mëtteg méi gespréicheg. Soss wär dat ëmsoss gewiescht, dee ganzen Zodi."

„Jo", seet d'Connie. Hatt zéckt kuerz wéinst dem Wuert *Zodi*, huet dann awer de Courage ze froen: „Waars du et dann och?"

„Wat?"

„Gespréicheg?"

Si geet der Fro mat enger anerer Fro aus dem Wee: „Weess de, wat den Här Reimen, den Enquêteur, mech de Mëtteg gefrot huet?: ‚Hutt Dir an Uecht geholl, ob Ärer Duechter säi Verhale sech verännert hat?' ... Stell der dat mol vir! Du wollts jo wëssen, ob ech gespréicheg war ... Weess de, wat ech geäntwert hunn? ... Abee, ech soen der, wat ech him geäntwert hunn: ‚Ech hunn ni eppes a sengem Verhalen an Uecht geholl.'"

Si mécht eng Paus an ass selwer erféiert iwwert hir Wierder. Schonn nees erféiert. Hir Stëmm, mengt se, hätt s'elo grad net verroden. Si hofft et mol. Si ass sech net sécher, ob hiren Toun si beim Enquêteur verroden hat. Si hat scho gemierkt, dass et dem Connie net gutt gaangen ass. Wéi et sech ëmmer méi ofgekapselt huet, wéi et keng Loscht méi hat, eppes z'ënnerhuelen, wéi et op eemol jidderengem aus de Féiss gaangen ass, wéi seng schoulesch Leeschtung nogelooss hat. Awer si konnt deem Mann de Mëtteg net soen, dass si net fäeg war, verschidden opfälleg Signaler richteg ze deiten, fir d'Gefill net missen ze kréien, do wär en Zesummenhang mat eppes Schlëmmes. Hat si sech selwer eppes virgespillt? Et war dach vill méi einfach, déi Verännerungen am Connie sengem Verhalen op d'Pubertéit zréckzeféieren. Wat hat déi Attitüd fir si bedeit? E rengt Ewechkucken oder e bewosst Ausblenden? An elo ass et en änlecht Gefill, dat s'iwwerrompelt. Déi Onfäegkeet, déi se scho sou laang mat sech schleeft, dem Connie et zouzeginn. Déi ongesond Verdrängung wéinst där Angscht, wéinst där Schimmt, wéinst deem Versoen ... Eng Kéier wäert si mam Connie doriwwer schwätze missen, endlech mat him doriwwer schwätze kënnen ... An dat heescht dann och, sech selwer anzegestoen, dass si keng gutt Mamm war, dass si hiert Meedchen net geschützt hat, dass si versot hat ... Dofir brauch si nach Zäit.

Si hieft e puermol de Kënn. Si ass drop gefaasst, dass elo eng hefteg Reaktioun vum Connie misst kommen.

Dat ass net de Fall. Dem Connie war just e Schudderen duerch de ganze Kierper gaangen, dat sech elo réischt verzitt. „Ech hunn ni eppes a sengem Verhalen an Uecht geholl." Hatt géif lo am léifsten haart laachen, fir net mussen ze ... wat? Ze kräischen? Ze jäizen? Et muss sech zesummenhuelen a versichen, roueg ze bleiwen.

„An du hues ni eppes gemierkt bei mir?", freet d'Connie ouni en Zidderer an der Stëmm. „All déi lescht Joren, wou ech wéi niewent mer stoung, wou ech net *ech* war, mee d'Ouninumm, an do hues du net gemierkt, wéi ech gelidden hunn, wéi ech alles a mech eragefriess hunn, an du hues net gemierkt, wéi ech mech ëmmer a meng Kummer zréckgezunn hunn, an du hues net gemierkt, wéi ech Angschtzoustänn kritt hunn? Firwat ech mech sou dacks geduscht hunn? Ech war en eenzegen Hëllefruff an du hues mech net héieren."

Seng Mamm gräift sech un de Kapp. Wat soll se lo virtäuschen, fir keng Schwächt ze weisen? Dat, wat d'Connie lo grad sot, ass hir duerch Muerch a Schank gaangen. Beim Enquêteur haten hir Aussoen e kribbelegt Gefill hannerlooss. Wat ass et elo? ... Eng Migrän? ... Si huet wierklech Kappwéi ... Si zitt sech de Bürosstull bei d'Bett a sëtzt sech. Dat Bescht, wat se maache kann, ass elo vun sech ofzelenken.

„Du hues mer et och net einfach gemaach."

„Ech dir? ... Mamm! Firwat waars du ni do fir mech?"

„So näischt esou!"

„Ech hunn dech gebraucht. Firwat hues du dat net gemierkt?"

„Du hues ni eppes gesot."

„Ech konnt net ... Ech war d'Ouninumm."

D'Connie streckt säin Aarm aus. Et kéint senger Mamm seng

verheelten Narbe weisen. Dee Gedanke schléit et gläich nees aus dem Kapp. Seng Mamm wëllt dem Connie seng Hand huelen. Hatt zitt s'ewech. An där anerer Hand hält s'en Ziedel.

D'Connie freet sech, wéini seng Mamm him fir d'lescht seng Hand beréiert huet. Hatt ka sech net méi drun erënneren. Kee Kuss, keng Beréierung, kee léift Wuert.

„Et huet ni ee mech gefrot, wéi et mer geet. Ni. Et hätt dach jidderee misse gesinn, datt eppes bei mir net stëmmt." D'Connie hält d'Tréinen zréck. Et huet dach alles schonn de Mëtteg gesot. Et huet dach alles aus sech erausgelooss. Et ass elo Schluss. Schluss elo.

„Ech si frou, dass déi Saach erleedegt ass", seet seng Mamm.

„Erleedegt?", freet d'Connie.

Et mengt, et hätt net gutt héieren. Erleedegt? Wéi een eng Aarbecht erleedegt, eng Kommissioun? En Service? Eng Spull?

„Obwuel ...", seet seng Mamm, wéi wa se nach no de Wierder siche misst, „... obwuel ech gerode kritt hunn, mat dir an deen Service ze goen ... Ech hunn eng Lëscht vum Här Reimen kritt. Ech misst mat, sot en. E Service fir Jugendlecher an Nout."

Si weist mam Fanger op eng bestëmmte Plaz vun där Lëscht, déi s'an der Hand hält.

„Bass du dann nach an Nout?", freet se.

Dem Connie säin Häerz setzt bal aus. Wéi wa bannendran eng Sicherung duerchgebrannt wär. Wat soll et hir op déi Fro äntweren? Déi Fro geheit alles a sengem Kapp op d'Kopp. Et hat sech dach näischt *méi* erhofft, wéi dass seng Mamm him endlech, endlech hëllefe géif, fir iwwert alles ewechzekommen. Hat et seng Erwaardungen ze héich geschrauft? Et hat net erwaart, seng Mamm géif him vu Begeeschterung an d'Äerm falen. Dat net. Awer déi Reaktioun do, déi hat et sech net virgestallt. Vun esou enger Mamm kann hatt sech näischt méi erwaarden.

„Ech gi mat abezunn, sote se", fiert se weider. „Eng psychologesch Hëllef kréie mer."

D'Connie hält et net méi aus. Seng Mamm huet dat esou offälleg gesot. An si fiert nach an deem Toun weider.

„An ech muss d'Demarche maachen. An ech misst mat der goen. Dohi geet d'Madamm Dorbach sécher *net* mat der. *Ech ginn op jiddwer Fall net mat.*"

Si huet déi lescht Sätz mat Intervallen dertëschent gesot, an deene s'all Kéier gespillt no Loft geschnaapt an den *ech* esou iwwerdriwwe betount huet, fir sech selwer dovun z'iwwerzeegen, dass et fir si iwwerhaapt net a Fro kéim, dass se matgeet. Si wär frou, wann dëst Gespréich zu engem Enn kéim. Soss géif s'op eemol nach hir Schwächt agestoen, misst Faarf bekennen an hirem Meedchen zouginn, dass se fäert a sech schummt fir matzegoen. Si wëllt sech keng Bléisst méi ginn. Bei kengem. Si ass kengem Rechenschaft schëlleg. Wärend hirer Auditioun hat si scho genuch Krämpes, dem Här Reimen senge Froen iwwert dem Connie seng Verhalensännerungen auszewäichen an dobäi virun allem sech selwer ze beléien. D'Tatsaach, dass se de Mëtteg onfäeg war, d'Wouerecht ze soen, hat se wéi e schlechte Geschmaach ofgeschléckt. An deen ass hir wéi e batteren Nogeschmaach bliwwen, well se lo grad nees gelunn hat.

„Wéi schwätz du Mamm! Hal op!," bierelt d'Connie.

Et wëllt senger Mamm d'Hand op de Mond leeën, hir d'Hand quëtschen. Et bleift roueg. Nach. Gläich huet et alles iwwerstanen.

„Dat ass mer alles ze vill", seet sa steet op.

Elo sprëngt d'Connie op. Dat war him ze vill. Et stellt sech viru seng Mamm, fuchtelt wéi geckeg mat béiden Äerm, wéi wa se Probellere wären. Fortfléie kann et net. Aus deem Zëmmer, an deem et him lo ëmmer méi enk gëtt, kënnt et net fort. Et steet fest ugewuerzelt an deem Raum, dee sech elo zesummenzitt. Wannechgelift net ... Kee Raum däerf sech méi zesummenzéien an hatt erstécken ... Et fäert nees zum Ouninumm ze ginn. De schlëmmste Gedanke vun alle Gedanken, déi et gëtt.

Si geet hirer Wee. Fort ass se. Feig Mamm! Séier d'Trap erof.

Si huet e Virwand gesicht, fir sech sou séier wéi méiglech ze verdrécken, si huet gemaach, wéi wa s'eppes héieren hätt, wéi wann de Max donidde wär, fir dem Connie keng Zäit ze loossen ze reagéieren.

D'Connie ass um Enn. Dat war e laangen Dag. Dat war net fair, wéi seng Mamm um Enn reagéiert huet. D'Connie ass midd, total erleedegt. Et ass spéit ginn. Et geet bei d'Fënster. De Mound liicht hell. Et kuckt erof an d'Gäert. Et gesäit d'Klunsch, hell beliicht. Et huet d'Gefill, de Mound hätt s'an de Mëttelpunkt geréckelt.

D'Connie geet bei de Kleederschaf, hëlt zwou Barbiepoppen eraus, déi ënnert senger Ënnerwäsch verstoppt leien. Hir schwaarz Hoer si ganz onreegelméisseg an zerfatzt ofgeschnidden. Et zitt enger Popp de Räckelchen erop. Si huet ee vu senge faarwegen Hoerbännercher ëm d'Hëften. „Du blöd Popp! … Esou kann dem Lotti näischt geschéien … Et muss gutt oppassen … Op wat muss eng Barbiepopp dann oppassen?", freet et sech elo. „Du hues mol keng Genitalien … Du domm Popp." Et klaakt se rosen an de Schaf. Et geet sech sëtzen, zitt den Tirang vu sengem Schreifdësch op. Et läit eng futtis Pärelketten dran, Seefen, zerschnëppelt Poppenhoer, al Plooschteren, zerkniwwelt Fotoen, e Briquet, Aspirinnen, eng Neelpëtz, eng Schéier, Bléck, Faarwen, e puer Hefter voll mat Spiralenzeechnungen, Kreemchen. Et hëlt eng kleng blechen Dous eraus a mécht s'op. Eng Gillette. De béise Gedanken hat näischt mat enger Gillette wëlles. Et zitt méi fest um Tirang. Hannendran zerknujelte Pabeier, zerkniwwelt Blieder. Et reift eent vun de Blieder mat der Fauscht glat. Eng skizzéiert Famill als Stréchfiguren. Fra, Mann, Meedchen, Bouf. D'Figur vum Mann ass hannert enger Onmass vu Strécher net méi z'erkennen. Duerchgestrach. Erstéckt. Vun de Strécher erstach. Fort. Fir ëmmer. Et rappt e Blat aus engem vu senge Schoulhefter, hëlt e Stëft a mécht d'Bürosluucht un. Et schreift. Et fält him schwéier, d'Kontroll ze behalen. Et muss sech konzentréieren, soss kann d'Marielle seng Schrëft net entzifferen.

Léift Marielle.

Merci fir deng Hëllef. Ech ginn net eens mat menger Mamm.
Ech packen dat net méi. Et gëtt keen anere Wee,
fir alles vergiessen ze kënnen.

Et hëlt en neit Blat. Zeechent eng Klunsch. Fir d'éischt Staangen. Ziddereg Strécher. Hatt muss konzentréiert bleiwen. Dann nëmmen ee Stréch fir dat eent Seel, un deem den hëlze Sëtz a Form vun engem Rechteck hänkt. De Stréch fir dat anert Seel zeechent d'Connie ëm eng Figur. Grousse Rondel, klenge Rondel, Strécher fir Äerm a Been. Dat ass hatt. Dat gëtt hatt elo. Dee verwurrelte Stréch wéckelt sech an der Halsgéigend ënnert de skizzéierte Rondelkapp.

Et faalt de Bréif an d'Blat mat der Zeechnung an et stécht déi zwee Blieder an eng schappeg Enveloppe, déi et am Tirang fënnt. Et geet an de Schlappe lues d'Trapen erof. Am Haus ass et roueg. Kee Geräisch an den Zëmmeren. Et geet zur viischter Dier eraus, léisst d'Dier eng Spléck opstoen, geet d'Trapen erof an d'Trape vum Nopeschhaus erop. Et mécht d'Klapp vun der Bréifboîte op a gehäit de Bréif eran. War d'Geräisch haart genuch? Et ass nach Luucht am Living. Hoffentlech ass d'Marielle nach op. Et hieft d'Klapp nach eemol op a léisst se lass. Den Echo schaalt am Gank an ass bannen am Haus net ze iwwerhéieren. Et geet nees bei hinnen zur Dier eran, mécht se lues zou, geet op hir Terrass, léisst d'Terrassendier opstoen, da geet et erof an de Gaart, schläicht sech duerch d'Spléck am droten Zonk. Hatt kann net dofir, dass deen Drot nach ëmmer net uerdentlech gefléckt ass. Hat den Här Dorbach net gesot, e géif dat eng Kéier maachen? Et geet bei d'Klunsch.

De Mound, en décke giele Fleck um Himmelszelt.

29

D'Madamm Wallmer weess, datt ech eng Duerchschnëttsschülerin sinn. Ech hat hir scho gesot, dass ech an der Schoul nëmmen de Minimum gemaach hunn, fir net opzefalen. Léiers de gutt, ecks d'an der Klass un, léiers de näischt, ecks de bei de Proffen un. Dacks hunn ech geléiert, ouni ze wëssen, wat ech géif léieren. Ech hat hir gesot, datt ech op 7e am Lycée Méchel-Lentz ganz bewosst eng onopfälleg Schülerin wollt sinn. Haut wëll se méi iwwert mäi Behuelen an der Schoul gewuer ginn.
– Wär mäi Behuelen anormal gewiescht, wär ech jo an de SePAS geschéckt ginn. Dat wollt ech verhënneren. Ech wollt no bausse ganz normal wierken. Mat mengem Verhale muss virdrun eppes net gestëmmt hunn.
– Virdrun? Wéini war dat? Du has mer gesot, datt et am Lycée keng Verhalensopfällegkeet ginn ass … deemno keng Ursaach, fir iergendeng Hëllef oder soss eng Assistance.
– Dat muss am Cycle Dräi-Zwee oder Véier-Eent gewiescht sinn. Dofir mengen ech, datt ech mech net ëmmer sou beholl hu wéi …

Ech maachen eng Paus. Wéi kann et sinn, datt mer dat lo eréischt afält? Firwat kënnt déi Erënnerung grad elo erop? Meng Narbe sinn dach verheelt. An ech si frou, datt ech mech nëmme méi liicht pëtzen oder mech heemelen. An ech si frou, keen Ouninumm méi ze sinn, dat d'Péng genéisse wollt. Firwat mussen Erënnerunge wéi Wonnen opplatzen?
– Wat wollts de soen, Connie?
– Ech hu mech net beholl, wéi et sech gehéiert. Ech mengen, dass ech déi Zäit Problemer an der Schoul hat. Dass ech mech doniewent beholl hunn.

Ech muss iwwerleeën, wéini dat war, wou ech an der Schoul sou onkonzentréiert gi war. Do bleiwen nach anzwousch kleng Iwwerreschter.

– Et muss no der Vakanz gewiescht sinn. Gläich am Ufank vun deem neie Schouljoer. Ech mengen, dat war am Cycle Dräi-Zwee. Dann hat dat eppes mat menger Mamm ze dinn.
– Mat denger Mamm?
– Mat der Scheedung. Ech mengen, dat muss mer deemools vill ausgemaach hunn. Jo, ech si mer souguer sécher. Soss hätte se net souvill Probleemer mat mir gehat ... doheem ... an der Schoul.

Ech stinn op, gi bei den oppene Schaf, an deem et nëmme sou vu Figuren a Poppe wimmelt. Ech huele mer eng Barbiepopp eraus. Hir laang Hoer si wujeleg, hire Glitzertailleur ass verrëtscht an de Rimm hält net méi gutt. Déi muss schonn duerch vill Hänn gaange sinn. Schued, datt et hei keng Barbiepopp gëtt, déi wéi meng Mamm ausgesäit an normal ugedoen ass. Déi heite gëtt lo fir mech eng Popp a menger Mamm hirem Alter. Ech kucke se riicht an d'Aen. Wéi wann ech e puer Wierder aus hir erauslackele misst. Et misst dach wéinstens eng vun hinne mech mat oppenen Äerm empfänken, grad dann, wann d'Erënnerungen un eis Dier klappe kommen.

– Mamm! ... Héiers de mech? ... Wousst du Bescheed? ... Hues du dem Enquêteur d'Wouerecht gesot? ... Der Madamm Welfring?

D'Poppenae bekucke mech ganz verwonnert.

– „Has du eppes an Uecht geholl?" ... Ech muss meng Stëmm verstellen. „Wat dann?", froen ech mat enger héijer Poppestëmm. Elo nees ech: „Stell dech dach net esou! ... Firwat hues du dech vun him getrennt? ... Wousst du, dass hie mech ugepaakt huet? Do, wou en net däerf? ... An du hues léiwer ewechgekuckt ... So mer et!"

D'Popp kuckt ewech an äntwert net. Mäi Spill mat hir iwwerrascht eis Zuschauerin, där de Mond opstoe bleift.

– Ech froe méi haart: Du konnts dowéinst net méi bei him bleiwen, gell? ... Da so dach mol eppes! ... War dat deng Strof? ... *Hie* wollt net goen ... An dofir bass *du* gaangen?

Der Popp hir Ae ginn ëmmer méi grouss, oder ass dat nëmme meng Impressioun? Eise Publikum kënnt aus dem Staunen net eraus. Ech froe méi léif a manner haart:
- Wousst du et, Mamm? Du hues et dach matkréie missen ... Du hues dem Enquêteur gesot, du häss näischt bei mir an Uecht geholl.

Eis Zuschauerin kuckt ganz entgeeschtert. Si wëllt och e Wuert matschwätzen an ënnerbrécht mech:
- Wéi weess du dat?
- Dat huet si mer selwer gesot ... Ech gleewen hir et net.

Elo muss d'Popp nees dru gleewen:
- Du hues hie belunn ... a mech ...! Du *has* et gemierkt ... Du wousst et vun Ufank un ... Du hues dech geschummt, et zouzeginn, gell?

Ech doen d'Popp jo mam Kapp wénken, awer hire Jo wëllt näischt heeschen.
- A bei den Noperen hues du mech eng Ligenesch genannt ... an ech géif schlecht iwwert de Papp schwätzen ... Wie litt hei?

Ech si lo ausser Otem geroden. D'Madamm Wallmer wëllt mer d'Mammebarbie ofhuelen, awer déi hält sech u mir fest.
- Elo bass d'awer streng mat denger Mamm.
- Et ass jo nëmmen eng Popp.

Ech heemelen hire Wujelkapp a si léisst sech gewäerden. Ech kucken hir an d'Aen.
- Firwat wëlls du net mat mir driwwer schwätzen?

Ech halen d'Popp virun der Madamm Wallmer hiert Gesiicht a verstellen nees meng Stëmm:
- Huet d'Madamm Welfring da kengem gesot, wat ech hir erzielt hunn?

D'Madamm Wallmer zéckt e kuerze Moment. Si weess net, ob si op dës Poppefro äntwere soll. Mat der rietser Hand réckelt se d'Mammebarbie aus hirem Bléckfeld.

– Du weess, dass d'Gespréicher an dësem Service vertraulech sinn.
– An si huet nëmmen zwou oder dräi Seancë gebraucht ... Dat verstinn ech net. Si huet esouvill z'erzielen ... Fir si muss dach eng Welt zesummegebrach sinn.
– Ech menge schonn, dass si vun hire Seancen hei profitéiert huet an hiert Häerz ausschëdde konnt.
– Ech hat gemengt, et wär no deem besonnesche Cours gewiescht, datt ech vun deem Moment un an d'Niewewelt gerode war ...
– Mee ...
– Meng Welt war schonn éischter un d'Wackele geroden. Just, dass ech dat net sou direkt gespuert hat ... No hirer Scheedung ... Vun do un hunn ech Wonne versuergt, ouni datt ech et gemierkt hunn.
– Esoulaang bis däi Kierper dat net méi ausgehalen huet.
– Ech hu lo d'Gefill, datt alles matenee verbonnen ass. Ech war schonn als Kand onglécklech.
– Et gëtt och tëschent Onglécker en Zesummenhang.
– A virdrun? ... Et ass dach e Virdru ginn ... Ech als klengt Kand ... ech als glécklecht Kand. Ech muss dach och mol glécklech gewiescht sinn.
– Kanns du dech dann u schéi Momenter erënneren?
– Do war ech dach frou mat him.

Ech hu mech net verschwat. Ech hunn et wierklech esou gemengt. Ech hunn awer lo keng Loscht am Poppeschaf no engem Ken ze sichen. Dës Popp, déi ech am Grapp hunn, kann och mol eng männlech Roll iwwerhuelen. Eng Barbie als Papp. Ech setzen hien op mäi Schouss an e lauschtert mer no.

– Héiers de! Du bass mat mer an d'Schwämm gaangen, hues mer d'Äermercher ugedoe fir an de klenge Basseng. Hues mer Kannerbicher virgelies. Och *De Fluff*. Du hues mech mat op d'Spillplaz geholl. Hues mech op d'Klunsch gesat a geschaukelt. Sou héich wéi et nëmme gaangen ass. Ëmmer méi héich. Ech hat keng Angscht. Et ass ni eppes geschitt. Mir sinn d'Bambien an

den Déierepark besiche gaangen. Hunn d'Geesse gefiddert. Am Bësch hu mer gutt opgepasst, fir Kaweechelcher ze gesinn. Mir hunn de Spiechten nogelauschtert ...
– Connie! Connie!
Wie rifft mech do am Bësch? War dat d'Madamm Wallmer? Si wénkt mer mat der Hand ... Ech sinn nees am Zëmmer ...
– Mäi Papp huet ëmmer vill mam Fierschter iwwert d'Déieren an déi futtis Beem geschwat.
Ech sëtzen d'Barbiepopp hannescht bei hir Fréndinnen. Ech hoffen, dass si mer net nolauschteren. Déi mussen elo net héieren, wat ech soe wäert. Kee weess, wat ech gemaach hunn. Nëmmen d'Marielle weess et. Ech dréine mech zu der Madamm Wallmer.
– Et ass gutt, dass meng Mamm net weess, datt ech mer deen Owend d'Liewen huele wollt.
E Loftzoch geet lo duerch d'Zëmmer. E fillt sech un, wéi wann en opgereegt wär. Souguer d'Blieder hiewe sech liicht, schuddere sech, hunn es genuch vun Zeechnunge mat Klunschen, Staangen a Seeler. Ech kucken net op d'Petzien, net op d'Poppen. Ech wëll net kontrolléieren, ob si vun elauter Opreegung d'Oueren zouhalen an d'Aen zoupëtzen. D'Madamm Wallmer hält den Otem un. Am Zëmmer leet sech d'Uspanung, wéi vun engem frieme Wand ewechgeblosen.

Ech gi bei d'Kloterseel, dat vum Plaffong erofhänkt. Elo ass d'Geleeënheet do. Da brauch ech meng Zeechnung mat der Klunsch net méi.

Ech hänke mech drun a stäipe meng Féiss um Knuet of. Ech kucken op de Plaffong. Ech hoffen, dass d'Seel mech aushält. Ech schaukelen hin an hier, hin an hier, hale mech fest mat zwou Hänn un. Ech sinn sou liicht. Ech muss un d'Mia denken. Ech schaukele weider. Hin an hier, hin an hier. Ech denken u meng Zeechnung fir d'Marielle. Un de Stréch, dee sech tëschent den zwee Rondele vum Bauch a vum Kapp wéckelt, wéi eng Schlauf ëm en Hals.

– Et war deen Owend zimmlech einfach eng Skizz dovun ze zeechnen. D'Klunscheseel war vill méi echt. Sech e Seel ëm den Hals zeechnen ass dach keng Konscht.
– A wat wär dann d'Konscht?
– Sech e Seel richteg ëm den Hals leeën, dat ass vill méi schwéier.

D'Madamm Wallmer kuckt ganz eescht, wéi wann ech eppes Schreckleches gestiicht hätt. Esou hat d'Marielle och deen Owend gekuckt. Ech schaukele nees hin an hier. Awer net méi laang, d'Kraaft verschwënnt lues a lues aus mengen Äerm.

– D'Zeechnung mat der Klunsch hat ech an eng Enveloppe gestach. Mat engem Bréif. Ech hat dem Marielle geschriwwen, dass ech net eens mat menger Mamm ginn.

D'Madamm Wallmer lauschtert ganz opmierksam no. Si beweegt heiansdo hir Lëpsen. Ech mengen hire Mond ass dréchen, obwuel ech méi schwätze wéi si.

Ech rëtsche mat engem Fouss vum Knuet. Meng Äerm loossen d'Seel lass. Ech kréie mech net méi fest genuch ugehalen. Ech stinn nees mat zwee Féiss um Buedem.

– Du wëlls mer et net weisen?
– Dach!

Ech gräifen d'Kloterseel nees mat enger Hand, zéien et bei mech, leeën et iwwer d'Schëller a wéckelen et ronderëm den Hals. D'Seel ass ze schwéier an ze déck.

– Hei geet et net gutt. Am Gaart wär et och net gaangen, obwuel d'Seel vun der Klunsch net sou déck ass wéi dat heiten. Ech hat geduecht, kee géif mech gesinn. Awer de Mound huet ëmmer méi hell op mech geliicht. An en huet mech gefrot, sou wéi en de Fluff gefrot hat: „Hues du kee Verhalt méi? Erënners du dech un näischt méi?"

D'Madamm Wallmer kuckt mech mat groussen Aen, wéi wann si en Ufo géif gesinn.

– Ech hat d'Gefill, d'Moundliicht géif all seng Kraaft op mech konzentréieren, sou hell war et ginn ... „Du kanns dach net nees eng Kéier d'Ouninumm ginn! Du weess dach, wat dat heescht, fir ëmmer en Ouninumm ze sinn … fir ëmmer an éiweg ze verschwannen. Bleif dach mol endlech d'Connie!" … A wéi ech mäi richtege Virnumm héieren hat, hu sech meng schlëmm Gedanken op eemol verkroch.

Ech gi mech an de Schaukelstull sëtzen. D'Seel wibbelt nach hin an hier, bis et nees ganz roueg erofhänkt.
– Ech hu mech op d'Klunsch gesat, ech hu gewaart, an ech war frou, wéi d'Marielle endlech an de Gaart komm ass. Extra wéinst menger. Mat de Schlappen un. An der Robe de Chamber. Richteg feierlech. D'Nackerknäpp hu geblénkt. Et war him kal. Et huet geziddert. Seng Aen hu gefénkelt. Ech war sou frou, datt e Mënsch bei mir war.

Ech gesinn, dass der Madamm Wallmer hir Aen och fénkelen.
– Et war schonn däischter Nuecht. De Mound huet sech ganz hell an dem Marielle sengen Ae gespigelt. Butzeg, hell Mounden … Kann ee Mounde soen?
– Et waren der jo zwee.
– Do huet d'Marielle sech viru mech gestallt, op der Klunsch war keng Plaz fir zwee, et ass e bësschen an d'Knéie gaangen, huet mech widdert sech gedréckt. Do huet et seng Hänn op meng kal Bake gelueght a se fest geriwwen. Mee seng waren och kal. Dat huet mer näischt ausgemaach. Doduerch hunn ech e spatze Mëndche misse maachen, wéi ech gesot hunn: „Ech kann dat net."

Ae kënne schwätzen. Wat e Mond net mat Wierder ausgedréckt kritt, drécken d'Ae mat Blécker aus. Aus Ae kann ee méi erausliesen, wéi ee mengt. Souguer dat, wat d'Sprooch engem net verrode wëllt. Ech hat deen Owend näischt ze verroden an näischt méi ze verstoppen. D'Marielle hat mech mat deem selwechten duusse Bléck an d'Ae gekuckt wéi d'Madamm Wallmer lo grad.

D'Aesprooch ass eng wonnerbar Sprooch.
Eng Wonnersprooch.

30

Haut de Moie fält et dem Connie schwéier, opzestoen. Et hat alles nach eemol Revue passéiere gelooss. An der Däischtert. Mat den Ae fest zou. Wéi e bannenzege Film. Sequenz fir Sequenz. D'Biller mat him op der Klunsch a mam Marielle virdru waren nach fräsch, onverbraucht. Et hat duerno grouss Méi fir anzeschlofen. Dofir spiert et elo seng Middegkeet, muss awer aus dem Bett.

Och wann déi lescht Deeg villes geschitt ass, et muss sech zesummerappen, et wëllt net feelen. Et mécht sech färdeg fir an d'Schoul. Do kënnt et op aner Gedanken a gëtt ofgelenkt. Déi éischt Deeg vum neie Schouljoer ware gutt verlaf. Trotz dem neie Schoulprogramm, den neie Gesiichter, den neie Bicher. Am Ufank huet et just d'Bemierkungen iwwert seng Hoercoupe ignoréiere missen. Muer huet et wëlles, bei de Coiffer ze goen.

Seng Mamm ass frou, wann hatt an de Max endlech aus dem Haus sinn. Och de Moie mécht se Damp hannert hinnen. Si schwätzt net vill, fir si schéngt d'Diskussioun vum Owend virdrun ofgeschloss an d'Theema ofgehaakt ze sinn. Si reegt sech nëmmen op, well de Max träntelt. D'Connie seet senger Mamm näischt iwwert déi lescht Nuecht. Et géif déi richteg Wierder net fannen. Hatt ass moies souwisou net gespréicheg. Seng Mamm géif och nëmmen hallef nolauschteren. Da léiwer guer näischt soen.

De Max geet zu Fouss an d'Schoul. Hatt trëppelt bei de Busarrêt. A sengem Rucksak fënnt et zoufälleg déi Visittekäertchen, déi d'Madamm Delpierre him no der Auditioun ginn hat. D'Enquêtrice hat gesot, hatt kéint zu all Moment mat hir schwätzen. De Gedanken, hir unzeruffen, verflitt sou séier wéi e komm ass.

D'Sandrine sëtzt schonn am Bus. Hatt hëlt en e puer Statiounen éischter. D'Connie setzt sech niewent hatt. Déi lescht zwou

Wochen am Bus niewent him. Déi lescht zwou Wochen am Klassesall niewent him … Wéi dacks schonn, déi Méint an déi Jore virdrun, wollt et him alles soen? Firwat fält him dat esou schwéier? D'Sandrine hat sech wärend der Vakanz e puermol bei him gemellt, awer d'Connie war ni begeeschtert, eppes mat him z'ënnerhuelen. Do hat et him och net méi ugeruff. Ëmmer eng Ausried fonnt, eng schappeg. Op Noriichten hätt et souwisou net geäntwert. Souguer d'Erënnerung un déi lescht Nuecht dréit net dozou bäi, dass et sech iwwerwonne kritt.

An elo sëtze se schonn erëm niewenteneen am Bus, an duerno an der Bänk, a schonn erëm mécht d'Connie, wéi wann alles an der Rei wär. Keng Kraaft fir ze schwätzen. Schonn nees. Oder wat ass d'Ursaach? Et misst dach senger Frëndin erziele kënnen, wat et fäeg war, anere Leit z'erzielen. Dach grad him. Wat muss geschéien, dass et och dem Sandrine säin Häerz ausschëdde kann?

D'Sandrine ass keent, deem een ze laang eppes virmaache kann. Hatt huet laang op en Zeeche gelauert. Scho laang gemierkt, dass d'Connie him eppes verheemlecht.

Haut geet et dem Sandrine op eemol duer. Et geet him op d'Nerven, wéi d'Connie sech behëlt. Et soll dach endlech auspaken. „Da so mer et dach endlech!"

Wat e Gléck, dass si zwee nees zesummen an der selwechter Klass sinn. An der Paus zéie si sech an en Eck vum Schoulhaff zréck. D'Sandrine wëllt lo endlech gewuer ginn, wat lass ass. Gëtt seng Frëndin schikanéiert? Et ass kee Libeskummer am Spill, d'Connie huet nach kee Frënd. Oder dach? War et iwwerhaapt an d'Vakanz? D'Sandrine léisst net labber. Gëtt et gemobbt, an et wëllt net driwwer schwätzen?

„Stëmmt eppes net doheem?"

D'Sandrine brauch net méi laang ze fléiwen. D'Connie erzielt him endlech, wat geschitt ass. Am Schnellduerchlaf. Eng Aussprooch wéi eng Befreiung. Eng Erléisung. Vun de Virfäll, iwwer d'Ënnerstëtzung vun der Madamm Dorbach, der Nopesch, an der Auditioun bis zu der Reaktioun vu senger Mamm.

„Meng Mamm wëllt näischt vun enger Ënnerstëtzung wëssen. Ech hunn déi awer déck néideg, well soss …"

D'Sandrine verdréit keng ugefaange Sätz, déi alles an näischt bedeite kënnen, freet no, an d'Connie kënnt endlech op säi suizidale Gedanken ze schwätzen, dee seng Mamm duerch hiert Verhale bei him ausgeléist hat, an et muss kräischen. Beim Sandrine kann et dat elo endlech.

D'Frëndin bleift roueg a konzentréiert. Seng Energie gëtt et mat Blécker weider. Et setzt sech déi eenzel Pëselstécker zesummen. Dat ergëtt kee komplett Bild, awer et geet duer fir ze verstoen, wat d'Connie wärend all där Zäit matgemaach hat. D'Rätsel iwwert déi zerfatzten Hoer ass och geléist. Sech aus Protest, Eekel oder Roserei d'Hoer schneiden, dat kann d'Sandrine nach iergendwéi verstoen. Eng Trotzreaktioun. Hoer wuessen no. Datt d'Connie awer mam Gedanke gespillt hat, sech d'Liewen ze huelen …

D'Sandrine muss him hëllefen.

Hatt hëlleft him.

Si gi sech an d'Sekretariat fir déi nächst Stonn ofmellen. Duerno gi se zesummen an de SePAS. D'Connie brauch net iwwerriet ze ginn. D'Schoulpsychologin, d'Madamm Seeberger, empfänkt se fréndlech. D'Connie erziel dat Allernéidegst, verléiert sech net am Detail, kierzt of. Et geet him haaptsächlech ëm dat, wat hatt weiderbrénge kann. D'Psychologin lauschtert no. Kleng Tëschefroen, kuerz Notizen, konzentréiert Blécker. Zum Schluss seet d'Connie, seng Frëndin hätt et iwwerzeegt kritt, dohin ze kommen, well et net méi mat der Situatioun eens géif ginn.

„Du häss scho vill éischter misse kommen", mengt d'Madamm Seeberger a mierkt ze spéit, datt dee Saz wéi e Virworf geklongen huet.

„Ech weess", seet d'Connie.

„D'Haaptsaach, du bass lo hei. An da kucke mer, wéi s de gehollef kanns kréien."

„Meng Mamm huet no hirer Auditioun gesot kritt, si kéint Hëllef bei engem Service fir Jugendlecher an Nout ufroen, awer ..."

„Genee", ënnerbrécht d'Psychologin d'Connie a bliedert an engem Calepin mat Adressen. „D'ALEAD. Ech wollt der grad vun där Associatioun schwätzen. Et ass déi, déi fir dech a Fro kënnt."

„Jo, sou war et."

„Meng elo net, Connie, mir wéilten der hei net hëllefen, awer d'ALEAD kann der eng psychotherapeutesch Betreiung ubidden. Ech géif der roden, dovun ze profitéieren. Et ass awer esou, datt an deem Fall, deng Mamm dat ufroe muss."

„Ech weess. Do läit de Problem. Meng Mamm wëllt dat awer net."

„Firwat?", freet d'Madamm Seeberger verwonnert.

„Si wollt näischt vun enger psychologescher Hëllef wëssen. Fir si war no der Auditioun alles erleedegt."

„Sot se sou?"

„Jo. Ech hunn hir negativ Haltung net verdroen. An do ... gëschter Owend ..."

„Da so et dach!", seet d'Sandrine. „Hei kanns d'et soen."

„Ech wollt mer d'Liewen huelen ..."

D'Psychologin otemt eng Kéier laang an an aus, si hat sech villes erwaart awer dat net.

„... awer net wierklech", seet d'Connie.

Hatt erzielt, datt et mat deem Gedanke gespillt hätt, obwuel et kee wierklecht Spill war. Et schwätzt vum Bréif fir d'Nopesch, deen eng Zort Hëllefruff sollt sinn.

„D'Madamm Dorbach huet scho genuch fir mech gemaach. Et wär lo mol u menger Mamm."

„An sou engem Fall wéi an dengem", erklärt d'Psychologin, „muss en Erwuessenen Demandeur sinn ... Waart ..."

Si hieft d'Hand liicht an d'Lut.

„D'Gesetz erlaabt et net, e Mannerjäregen oder eng Mannerjäreg therapeutesch en charge ze huelen, ouni d'Averständnes vun den Elteren."

D'Connie ass enttäuscht. Et léisst de Kapp hänken.

„Wat ass dat fir e Gesetz?", freet et. „Hunn déi Mannerjäreg keng Rechter?"

Och dem Sandrine huet dat d'Sprooch verschloen. Dofir ware se net heihi komm, fir dat ze héieren.

D'Psychologin gesäit hinnen d'Enttäuschung of a wëll se net weider beonrouegen. Wann dem Connie seng Mamm nämlech d'Prise en charge refuséiere géif, misst en therapeutesche Suivi vum Riichter ordonnéiert ginn. Mee sou wäit ass et nach net. Si weess, wat s'ënnerhuele wäert a si ass ganz zouversiichtlech. Si huet schonn a ville Fäll déi beschte Léisung fonnt a kann sech deemno aus berufflecher Erfarung villes zesummereimen. „Fir dem Connie ze hëllefen, denkt se, ass zwar lo keng Dichterin gefrot, mee eng Séilenhandwierkerin, déi Neel mat Käpp mécht."

„Da lauschter, Connie. Ech schwätze mat denger Mamm wéinst der Prise en charge", seet d'Psychologin. „Dofir si mer do. Et ass ni eppes ze spéit."

Si freet d'Handysnummer vun der Madamm Mischels a seet, si géif versichen, un si ze kommen. D'Connie an d'Sandrine schéckt se nees an hir Klass. Si géif dem Regent wéinst der Absence Bescheed soen an si excuséieren. No der Schoul sollte se nees laanscht kommen.

De Rescht vum Schouldag ginn d'Stonnen net séier genuch ëm. No der Schoul ginn d'Connie an d'Sandrine ouni Zäit ze verléieren an de Büro vun der Madamm Seeberger.

Si sëtzt hannert hirem Schreifdësch. Méi breet kann e Mond net schmunzen. Si seet gläich, si hätt der Madamm Mischels ugeruff an déi wär aus alle Wolleke gefall, wou se gewuer ginn ass, vu wiem den Uruff war a wat d'Ursaach dovu war. Si seet, si hätt der Madamm sou kloer wéi méiglech erkläert, wéi wichteg eng Hëllef fir hiert Meedchen an där schwiereger Situatioun wär, – säi Suizidgedanken hätt s'op der Säit gelooss –, an si hätt s'encouragéiert, déi néideg Schrëtt dofir an d'Weeër ze leeden. Si hätt souwisou wëlles gehat, d'Demarche ze maachen, hat d'Madamm Mischels sech gewonnert. „Wat huet mäi Meedchen Iech dann nëmmen erzielt?" Si hätt schonn op enger anerer Plaz déi néideg Informatioune kritt, an si sot, si wär paff, datt hiert Meedchen iwwerhaapt un hire Beméiungen zweifele konnt, dann hätte si sécher laanschtenee geschwat, anescht kéint si sech dat net erklären. „Leet Äre Kapp a Rou", sot se. „Ech wëll jo nëmmen dat Bescht fir mäi Meedchen."

D'Connie an d'Sandrine haten déi ganzen Zäit iwwerrascht nogelauschtert. Et war wéi e bossegen Theaterdialog. Kee vun hinne konnt sech erklären, firwat déi Mamm, entgéint deem, wat se gesot hat, sech sou verwandelt hat an esou gutt am Léie war.

„Dat entspréicht net deem, wat s du mer gesot hues."

D'Connie wëllt eppes soen, verschléckt sech. Wéi mengt d'Psychologin dat? Wëllt se domat soen, dass hatt gelunn hat?

„Ech gleewen dir, Connie. Denger Mamm hir Reaktioun war speziell. Dat ass mer schonn e puermol virkomm, datt d'Elteren, d'Mamm oder de Papp, sech keng Bléisst bei mir wëlle ginn. Verstitt der?"

„Neen!" Dat koum wéi aus engem Mond.

„Si wëlle sech vun hirer gudder Säit weisen ... D'Haaptsaach, si ass averstanen. Et ass dat, wat zielt."

„Merci Madamm Seeberger, villmools Merci fir Är Hëllef."

D'Erliichterung ass grouss an d'Äddie si kuerz.

D'Sandrine ass iwwerglécklech. Et gëtt näischt méi Schéines, enger Frëndin ze hëllefen. Si maache sech op de Wee bei de Busarrêt.

D'Connie seet dem Sandrine, dass et sech fir muer e Rendez-vous beim Coiffer huele wëllt.

„Wëlls de, dass ech mat der ginn?"

„Jo, ganz gär."

31

Et ass schonn eng Zäitchen hier, dass d'Connie d'Mia fir d'lescht gesinn huet. Et hat ëmmer mol wëlles gehat, bei hatt eriwwer ze goen. Haut huet et gutt Zäit. Seng Mamm an de Max sinn nach net doheem. „Si wäert akafe sinn", denkt d'Connie, „an de Max war matgaangen. Et steet keen Auto an der Garage."

Hatt geet eriwwer schellen a freet, ob et bei d'Mia ka kommen. D'Marielle ass paff, wéi et d'Connie mat senger neier Coupe gesäit. Et seet, dat géif him gutt goen. Leider hätt et Besuch vun zwou Aarbechtskolleeginnen, d'Connie soll an zwou Stonnen erëmkommen.

„Ech soen dem Mia scho Bescheed. Bis herno."

D'Mia huet héieren, datt et d'Connie war. Et muss sech nach e wéineg gedëllegen, bis et hatt erëmgesäit. Endlech. Seng Bake si vun elauter Virfreed gliddeg ginn. D'Connie war et leider net an d'Spidol besiche komm. Och net, wéi et nees doheem war. Wéi laang? … Fir dat erauszefannen, muss et mat de Fangere rechnen. Ginn zwou Hänn duer? … U säin Accident kann et sech net méi erënneren. Awer d'Connie war dobäi, wéi et geschitt war. Dat krut et erziel. Wéi laang war et an der Klinick? A wéi laang hat et nach missen doheem bleiwen? Et war trauereg, dass et de Schoulufank verpasst hat. Et ass jo alles nei fir hatt ginn. Seng Mamm war mat him de Schoulwee getrëppelt, fir de Wee ze testen. Et hat sech richteg gefreet. Et war awer och opgereegt. Wie wär dat net? A wéi opgereegt ass een eréischt, wann een net nëmmen an eng nei Klass kënnt, mee och nach an eng ganz nei Schoul.

D'Madamm Monique an dem Mia seng Léierin, d'Madamm Isabelle, waren dem Mia a senger Mamm mat e puer Meedercher entgéintkomm. D'Mia hat senger Mamm nach e Kuss vu wäitem geschéckt. Wéi et seng Jackett am Gank um Mantelbriet opgehaangen hat, huet et gesinn, datt ënnert dem Krop mat sengem Virnumm e klengt Schëld mat „Mia, mir freeën eis op dech" houng, an am Klassesall hunn d'Kanner him e Begréissungslidd gesongen, dat musikalesch vun anere Kanner op klengen Trommelen a mat Blockflütte begleet gouf.

An elo ass et nees opgereegt. Bis haut haten d'Mia an d'Connie nach keng Geleeënheet gehat sech ze gesinn. Kee Wonner, dass d'Mia sech esou freet. Iwwregens war hatt rosen iwwert seng Mamm. Déi hat him virun e puer Deeg gesot, datt d'Connie eng Kéier owes bei si heem komm war, an d'Mia war rose ginn, well seng Mamm him näischt dovu gesot hat. Si sot him dono nëmmen, hatt hätt scho fest geschlof.

Fir d'Poppen ass alles nees normal. Déi si wuel frou, datt d'Mia endlech nees doheem ass. Fir si war et och keng schéin Zäit, si hate bestëmmt vill nom Mia verlaangert a sech fatzeg gelangweilt. D'Lotti am meeschten.

Den Hoppsi ass frou, datt e wéinstens eng kuerz Zäit mol vum Spidolsbett mol vum Nuetsdësch aus op d'Mia oppasse konnt. Hien ass souguer houfereg, dass en nees sou gutt richt. Hien hätt jo gär méi laang op hatt am Spidol opgepasst, mä et ware Saache geschitt, déi e sou séier wéi méiglech aus sengem plüschen Ënnerbewosstsinn verdränge wollt. Et gëtt nämlech a Petziskreeser gemunkelt, hien hätt eng Kéier net gutt op hatt opgepasst, well en net an der Wiss souz, virun der Klunsch. En hat schonn zënter enger Zäit net méi deen ellenen Dram, an deem hien zesumme mam Mia e wäite Plongeon vun der Klunsch mécht. Hie war zwar net wéi d'Mia an der Wiss gelant, mee en hat op eemol Flilleke kritt, – wat zimmlech ongewéinlech fir e Kaweechelchen ass – a war nach weidergeflunn, héich iwwert den Diech vun der Stad, an do war hien an en heftege Stuerm geroden, deen hien hin- an hiergerëselt hat. Duerno war e plätschnaass a ganz zerzaust an e war opgehaange ginn, fir ze dréchnen, wuelverstanen.

Et schellt.

„Kënns d'opmaachen? Et ass d'Connie", rifft d'Marielle erop.

D'Mia kënnt d'Trapen erofgejauwt a mécht d'Hausdier op.

Et konnt säi Gedanken „Do bass de jo endlech!" mol net a Wierder formuléieren, well him bleift de Mond wéi bei engem laange Gaapse grouss opstoen an da rifft et: „Du hues deng Hoer anescht."

„Jo, méi kuerz", seet d'Connie.

„Dir hutt iech scho laang net méi gesinn", mengt d'Marielle. „Dat geet him gutt, gell Mia?"

Et war him schonn d'éinescht opgefall, dass déi nei Hoercoupe dem Connie besser zu Gesiicht stéing wéi déi virdrun. Seng Ausstralung gëtt doduerch méi hell, méi frësch, méi frou.

„Ma ech war bei de Coiffer. Dat gesäit een dach, oder?"

„Majo", seet d'Mia. Et kënnt aus dem Staunen net eraus.

„Oder mengs de, ech hätt mer se selwer esou geschnidden. Fir d'Geld vum Coiffer ze spueren?"

„Ma neen!"

„Wéi ech se hat, hu se mer net méi gefall," seet d'Connie.

Dat schéngt dem Mia als Erklärung duerzegoen.

D'Meedercher lafen d'Trapen erop a ginn an d'Schlofkummer.

„Elo brauchs de keng Hoerlastiker méi."

D'Connie laacht iwwerdriwwe gekënschtelt. D'Mia gëtt béis.

„Firwat laachs de?"

„Et muss een och mol heiansdo bei de Coiffer goen."

„Dat geet der gutt, méi kuerz."

„Fënns de? ... Dat sees de sou."

„Neen."

„Merci fir d'Kompliment."

D'Connie wëllt net nach weider iwwert d'Hoer schwätzen. Et weess awer net, wéi et d'Mia oflenke kann.

Dat schneit lo eng Schnuff a seet: „Du waars mech net an d'Klinick besiche komm."

„Ech hat net vill Zäit ... Bass de béis?"

„Esou vill." D'Mia weist wéi vill. Et ass nëmmen ee Millimeter Sputt tëschent dem Daum an dem Zeigefanger.

Et gesäit, wéi d'Mia am Zëmmer sicht a kuckt, kuckt a sicht, et rëselt de Kapp e puermol op eng witzeg Manéier hin an hier, well et sech net richteg entscheede kann, wat si spille sollen.

D'Connie ka gutt verstoen, dass d'Mia lo net mat de Poppe spille wëllt. D'Connie ass haut och net komm, fir mat de Poppen ze spillen. Och net mat eppes aneschters. D'Mia wäert enttäuscht sinn.

„Mia?"

„Ja?"

„Ech komme lo net méi sou dacks bei dech, gell. D'Schoul huet ugefaangen ..."

„Meng och."

„... an ech wäert net méi souvill Zäit wéi virdrun hunn."

„Schued."

D'Mia geet sech a säi Spilleck sëtzen, hëlt den Hoppsi an de Grapp a reecht dem Connie en entgéint.

„Rich emol!"

D'Connie béckt sech a richt um Hoppsi.

„Hmmm ... Wat dee gutt richt."

„Meng Mamm huet e gewäsch."

„Weess d'och firwat?"

„Ma e war ganz bestëmmt knaschteg."

„A sou ..."

„Petzie mussen och gewäsch ginn."

D'Connie huet den Androck, d'Mia wéilt nach eppes soen, et hält säi Mond ganz no widdert dem Hoppsi säin Ouer a mat enger Hand verdeckt et säi Mond, wéi wann et dem Kaweechelchen e Geheimnis verrode wéilt.

„Ech hunn eng Frëndin", pëspert d'Mia.

„Ech hunn et héieren", seet d'Connie ganz luusseg.

„E Meedchen aus menger Klass. Mir sëtze beieneen."

„Da sinn ech frou. Ech hunn och eng Frëndin. Aus menger Klass. Et ass sou al wéi ech. Ech hat laang keng Frëndin méi a mengem Alter."

„Kënns du da guer net méi bei mech?"

„Ma dach."

„Nina heescht meng Frëndin. A wéi heescht deng?"

„Sandrine. Hatt war scho virun zwee Joer meng beschte Frëndin. An do hate mer Sträit matenee kritt. Kee richtege Sträit, mee ... An lo si mer nees gutt mateneen. Ech si frou, dass et nees meng Frëndin ass."

„Mir kréien ni Sträit, gell?"

„Ech hoffen net."

„Ech och net."

„Weess de", seet d'Connie no enger Zäit, „et kann een och méi wéi eng Frëndin hunn."

D'Connie seet dem Mia Äddi.

„Äddi. Bis eng aner Kéier."

D'Marielle begleet d'Connie bei d'viischt Dier.

Et ass hinnen, wéi wa se nach eppes nozehuelen hätten. Si hate sech deen Owend mol net Gutt Nuecht gewënscht. Ier d'Marielle sech ëmsinn hat, war d'Connie wéi e Schiet duerch d'Spléck am Zonk verschwonnen. Trotz der Robe de Chamber war et dem Marielle gutt kal am Gaart ginn. Duerno hat et sech missen e waarmen Téi maachen. D'Buch, dat et amgaang war ze liesen, wéi et duerch dat verdächtegt Geräisch un der Bréifboîte ënnerbrach gouf, louch nach an der Fotell opgeschloen. Wéi eng Aluedung fir sech ofzelenken. Et war kee Liesbändchen dran. Liese wollt et awer net méi.

D'Connie mécht d'Dier op. Et steet lo um Palier, am Géigeliicht, dat d'Konture vu senger neier Coupe betount. Et dréint sech ëm, a si kucke sech mat groussen Aen. D'Biller, déi an hire bannenzegen Aen defiléieren, hunn nach näischt u Schäerft verluer. D'Connie zéckt eng Sekonn, mécht dann e Schratt op d'Marielle duer an et dréckt et léif. Et ass e Geste, deen et net gewinnt ass. Et genéisst dat gutt Gefill eng Zäitchen.

Hatt seet dem Marielle nach séier tëschent Dier an Aangel, dass et mat senger Frëndin bei d'Schoulpsychologin war an dass déi seng Mamm hätt kënnen iwwerzeegen, Hëllef unzefroen. D'Marielle zitt d'Connie elo widdert sech a si drécke sech fir d'zweet léif, nach méi fest wéi virdrun. Duebel léifgedréckt hält méi laang.

Den Yves kënnt zur Kellerdier eraus a wéi en d'Connie geséit fortgoen, freet en, ob et net mat hinnen zu Nuecht wéilt iessen. D'Connie ass esou iwwerrascht, datt et net weess, wat et äntwere sollt.

„Du këmns eng aner Kéier, gell", seet d'Marielle.

32

A senger Kummer muss sech villes veränneren. Seng al Posteren, seng schappeg Dekoratioun, déi ellen Tapéit a säin ale Kreemche musse fort. Dofir muss hatt sech Zäit huelen. D'Zäit mécht keng Kaddoen. Kee kritt Zäit geschenkt. Hatt muss sech der eng Kéier huelen.

„Connie?"

Seng Mamm an de Max sinn erëm.

„Ja?", rifft d'Connie vun uewen erof.

Si sëtzt sech op d'Bett, niewent d'Connie. Hatt gesäit hir meeschtens of, wann eppes net stëmmt. Wann hatt s'ugepaakt hätt, hätt et eng elektresch gewéitscht kritt, sou gelueden ass se.

Si wär wéinst där ganzer Saach mat den Nerven um Enn, seet se. D'Connie versteet net gläich, wat se domadder mengt.

„Ech hätt mer dat jo awer denke kënnen, datt et net dobäi bleiwe géif."

„Bei wat?"

„Do hat ech gemengt, no eisen Auditioune wär Schluss. Wéi konnt ech nëmme sou naiv sinn? Dat *muss* jo nach Konsequenzen hunn."

D'Connie, dat dee leschte Saz op sech bezitt, wëllt sech net schonn nees Virwërf unhéiere missen.

„Ech hunn dach alles gesot, wat ech ze soen hat."

„Ech schwätzen net vun dir. Mir hunn ausgesot an hien huet och missen aussoen. Dat hat Konsequenze fir hien, well ..."

Si mécht eng Paus. D'Connie ass rosen, well si keng ganz Sätz mécht.

„Hien huet mer virun e puer Deeg ugeruff. Ech wollt der näischt soen, well schonn souvill virgefall ass. Ech hunn den Handy missen ewechhalen, sou huet e gebläert."

„War et sou schlëmm?"

An d'Mamm erzielt dem Connie, wat hiren Exmann hir rose gesot hat. Hien hätt e Recht op nëmmen *een* Uruff un *eng* Persoun vu sengem Choix, hätt e gebierelt. A wiem hätt en da wéinst där Uschëllegung uruffe sollen, ausser hir? Dem Connie hätt en net wëllen uruffen, well en et ze vill op hatt sëtzen hat. En hätt hir iwwert seng Convocatioun vum Parquet an Zesummenhang mam Connie sengen Aussoe geschwat. „Ech krut e Mandat d'amener fir en Interrogatoire bei der Police Judiciaire", hätt e gebierelt. „En Interrogatoire, héiers de!... Wéi kann hatt nëmme sou Lige verzielen? Elauter béiswëlleg Ligen."

„Huet en sou gesot?"

„Gejaut huet en, gejaut. E war ausser sech."

Fir e kuerze Moment hat d'Connie sech u senger Mamm hir éischt Reaktioun erënnert. Si hat bal grad esou aggressiv reagéiert. Vläicht huet si sech och lo kuerz drun erënnert, wéi entsat *si* war, wéi s'alles vum Connie gewuer gi war.

„En huet mech guer net zu Wuert komme gelooss, sou rose war en. Hie géif dem Untersuchungsriichter virgefouert ginn, sot en zum Schluss. ,Wéinst mengem Fall, stell der dat mol vir!', huet en nach eemol gejaut an agehaangen."

Hiren Aarm beweegt sech. D'Decken um Bett verdruddelt sech. Si leet hire rietsen Aarm ëm d'Connie. Hatt béckt sech e wéineg no vir. Si drécke sech widderteneen. Kapp widder Kapp. Mat der lénkser Hand gräift se nom Connie senger Hand, hält se vrun hir Aen a bekuckt s'eng Zäitchen, wéi een e Gebuertsdagskaddo gläich nom Auspake kuckt. Dann heemelt si sech de rietse Bak mam Connie senger Hand, déi s'an hirer Hand hält. D'Connie léisst si gewäerden.

„Mir zwee brauchen elo vill Kraaft. Hie wäert mat alle Mëttele versichen, eis d'Liewe sou schwéier wéi nëmme méiglech ze maachen. Sou wéi ech e kennen, huet en alles ofgestridden. Soss hätt en net vu béiswëllege Lige geschwat."

„Ech hunn der Enquêtrice alles genee erzielt, Mamm, u wat ech mech erënnert hunn. Wéini a wou ... a wéi."

„Dann ass et Ausso géint Ausso."

„Wéi mengs de dat?"

„Ma seng Ausso géint deng Ausso."

„Wat huet hien dann ausgesot?"

„Ech hunn der dach lo grad gesot, wat hie mer um Telefon gesot huet."

„Dass et net stëmmt ... Mengs de dat?"

„Ech weess net, wat hie bei sengem Verhéier erzielt huet."

D'Connie kuckt senger Mamm an d'Aen. Et huet elo réisch verstanen, op wat si erauswëllt. Si wëllt sech ganz sécher sinn. Si wëllt absolut sécher sinn, dass et keng béiswëlleg Ligenesch ass.

Wann si sech nach ëmmer net sécher ass, da gëtt d'Connie hir lo déi Sécherheet. Hatt kuckt seng Mamm ganz déif an d'Aen, sou déif wéi et nëmme geet. Si kuckt grad esou intensiv a seng. Wann et stëmmt, dass d'Aen de Spigel vun der Séil sinn, da gesäit s'elo, datt kee schwaarze Fleck op senger ass.

„Mamm, ech hunn d'Wouerecht gesot."

„Ech weess", seet seng Mamm. „Ech gleewen dir."

Si weess et. Si wousst et. Si wousst et scho laang. Si wollt elo nëmmen nach vun hirem Meedchen déi absolut Kloerheet, déi allerwichtegst Bestätegung.

„Ech gleewen dir."

D'Connie mengt, et hätt net richteg héieren. Et spiert, wéi Gléckstréine sech léise wëllen. Seng Ae ginn nëmmen e bësschen fiicht.

Och der Mamm hir Aen hu verstanen. Si ginn de Message un déi aner Sënnesorganer weider. Besonnesch un d'Haut. Der Mamm hir Hautzelle si perfekt Interpreetinnen, déi alles gläich verstinn.

Si verstinn net eréischt vun elo un. Si hate schonn éischter verstanen, an zwar wéi den Här Reimen, den Enquêteur, s'ausgefrot hat. Do hat s'och dat Kribbelen op hirer Haut gespuert. Dat war duerch hire ganze Kierper gefuer, wéi e gefrot hat, wat fir eng Roll dem Connie säin Ëmfeld géif spillen. Si hat gemaach, wéi wann se hien net gläich verstanen hätt.

Si hat nogefrot: „Ëmfeld?" Do hat hie präziséiert: „Bekanntekrees, Veräin, Famill ... Dir, seng Mamm zum Beispill."

Do war s'erféiert. Si hat hir ënnerlech Onrou iwwerspillt. Den Enquêteur hat net labber gelooss. An et war däitlech genuch, wat hien duerno gesot hat.

„Wann d'Familljememberen e Kand net beschützen an em net zur Säit stinn, dann ass et sech selwer ausgeliwwert ... ouni Schutz. Dat ass *non-assistance à personne en danger*. Déi, déi Bescheed wëssen oder och nëmme mengen, e klenge Verdacht ze hunn, lueden eng Schold op sech, wann se näischt soen ... A wann Dir eppes Besonnesches um Connie sengem Verhalen an Uecht geholl hutt, Madamm Michels, dann ass et lo un der Zäit, dass Der et zougitt ..."

Dat Kribbelen elo ass fir si wéi eng batter Widderhuelung, eng Erënnerung, déi hir Haut gespäichert huet ... Awer elo kritt dat Kribbele bei hir net déi richteg Wierder ausgeléist, mat deene se d'Connie endlech erléise keint. Nëmmen d'Gefill bleift iwwreg an d'Sprooch verseet nach ëmmer. Si kann hirem Meedchen nach net éierlech erklären, firwat sech hiert schlecht Gewësse sou laang net ze Wuert gemellt hat.

Dat Wichtegst awer, dat si de Moment fir hatt ka maachen an dat si him elo gläich ze verstoe gi wäert, hat se scho bei der Schoulpsychologin um Telefon änlech ausgedréckt. Si géif déi néideg Schrëtt ënnerhuelen, dass hiert Meedche professionell Hëllef kréie kann. Fir sech vun deem bannenzegen Drock, dee lo schonn sou laang op hir läit ze befreien, wär fir si selwer eng psychologesch Hëllef och net vu Muttwëll. Si hofft jiddwerfalls, dass et hir gelénge wäert, eng Kéier hir Scholdgefiller iwwerwannen ze kënnen an hir Gewëssensbëss lasszeginn. Elo, an dësem Moment, wëllt si mol einfach nëmme genéissen, wéi dat sech ufillt, wann si sech mat den Ae begéinen.

Hire Bléck ass wéi en däitlecht Signal. D'Connie versteet de Bléck richteg. Hatt spiert, dass seng Mamm an déiwe Gedanke war a sech oflenke gelooss hat. Seng Ae glënneren. Et traut sech nach net, säin Aarm ëm senger Mamm hir Schëller ze leeën.

„Waars du de Mëtteg bei d'Mia?"

„Jo", äntwert d'Connie an ass verwonnert, wéi liicht et senger Mamm fält, d'Thema ze wiesselen.

„Kann et nees an d'Schoul?"

„Jo. Zënter e puer Deeg … Et sot, et hätt schonn eng Frëndin."

„Et geet him besser, oder?"

„Jo, vill besser."

„Ech hunn et eng Zäit net méi gesinn … Net méi am Gaart …"

„Ech och net. Et huet jo no der Klinick nach missen doheem bleiwen …

„A raschten … A wat sote se soss esou?"

„Wéi mengs de? Wou? An der Schoul?"

„Ma doiwwer … Wollte se näischt méi wëssen iwwer …? Ech mengen d'Madamm Dorbach."

„A, d'Marielle."

„Du duz se?"

„Ëhë."

„An si … hmmm … huet näischt dergéint?"

„Neen. Ech versti mech gutt mat him."

„Well se der gehollef huet?"

„Et ass méi einfach wéi ëmmer Madamm Dorbach zu hir ze soen."

„A méi perséinlech."

„Jo och. Vill méi perséinlech."

Lo entsteet eng Paus. „War dat mat deem Gutt-matenee-Verstoen ze vill gesot?", freet d'Connie sech. Passt dat hir net? Seng

Mamm huet e puermol komesch mat den Ae geblënzelt. Dat muss awer net dowéinst gewiescht sinn.

„Ech hat wëlles, eng Kéier bei si eriwwer ze goen", seet se.

„Firwat?", seet d'Connie.

„Mech entschëllegen. Fir dat, wat ech der Madamm Dorbach virgeworf hat. Et deet mer villes Leed. Och dat, wat ech dir deen Owend gesot hat ... iwwert d'Hëllef fir dech ... a fir eis. Ech hunn iwwerreagéiert."

D'Connie zéckt, fir dat ze soen, wat et wëllt soen.

Et seet: „Ech si frou, dass du deng Meenung geännert hues. Dat hat mer alles vill ausgemaach, d'lescht Woch ... An dobäi weess du mol net, wat ech ..."

„Et däerf een dach mol seng Meenung änneren, oder?"

„Majo."

„Dat ass dach normal, dass de Hëllef brauchs, mäi Kand."

„Mäi Kand? ... Wat leeft hei? ... Wat ass mat menger Mamm geschitt?", freet d'Connie sech.

„Du bass jo mäi Kand, oder?"

„Jo."

„A mäi Meedchen?"

„Jo." D'Connie muss laachen. „Déi zwee kann ech awer net sinn."

„Du mengs, mäin an der Madamm Dorbach hiert?"

Si wëllt laachen. Mee nëmmen hire Mond verzitt sech.

„Sou hunn ech dat net gemengt, Mamm."

„Ech weess ... Du bass nach ëmmer *mäi* Meedchen, gell. An du brauchs d'Madamm Dorbach net fir alles ze froen."

„Ech war dofir jo sou frou, wéi s du der Madamm Seeberger ..."

„Wiem?"

„Der Schoulpsychologin gesot hues ..."

„A! Dass ech mech dréms këmmeren ... Ma dat ass dach selbstverständlech ... Weess de Connie, deng Mamm gëtt *och* eens am Internet. An ech weess elo, dass nëmmen d'Elteren eng Hëllef ufroe kënnen. Fir *eis* ... Wat kucks de? ... Fir mech a fir dech.

Du bass mannerjäreg. Dofir muss ech dat an d'Hand huelen … Oder hues de léiwer, datt d'Marielle, hmmm … datt d'Madamm Dorbach och *déi* Demarche fir eis mécht?"

„Neen, wann s du …"

„Fënns de net, si hätt scho genuch fir dech gemaach?"

„Ech si frou, wann s *du* dat méchs."

„Ech maachen dat fir eis. Lee däi Kapp a Rou! Ech wëll nëmmen dat Bescht fir dech, Connie. Ech hu jo all déi néideg Informatioune kritt."

Seng Mamm dréint sech zu him, réckelt sech e bësschen zur Säit, zitt hatt dann zu sech erof, leet säi Kapp op hire Schouss. Sou no war hatt ni widdert hir. „Esou no", denkt d'Connie, „war ech hir nëmmen, wéi ech an hirem Bauch war."

Dem Connie säi Kierper weess iwwerhaapt net méi, wéi seng Mamm sech ufillt. Si heemelt hatt. Sou zäertlech war si nach ni. Si fiert mat hirer Hand iwwert seng Hoer an hatt zuckt wéinst där Beréierung kuerz zesummen. Dat huet se nach ni gemaach. Oder hatt ka sech net méi drun erënneren. Si zwee mussen dach och mol hir Heemelmomenter gehat hunn. Dann ass dat schonn esou laang hier, dass dem Connie seng Haut sech net méi drun erënnere kann. An dobäi hat hatt geduecht, d'Haut kéint Erënnerunge späicheren. Et gëtt keng méi eng einfach Sprooch. D'Heemelsprooch ass universell. Si brauch net iwwersat ze ginn. Op der ganzer Welt gëtt se verstanen. D'Haut brauch keen Interpret a keen Dolmetscher. Si versteet alles gläich bei der klengster Beréierung. Si reagéiert spontan a schéckt Signaler duerch de ganze Kierper, vun der Hoerspëtzt bis an déi déck Zéif.

Hatt léisst seng Mamm gewäerden.

Si fiert him mat der Hand e puermol iwwert seng Stier.

D'Heemelsprooch ass eng wonnerbar Sprooch.

Eng Wonnersprooch.

33

Déi lescht zwou Woche sinn ëmmer nach méi Liichtercher derbäi komm, déi op de Fassaden, an den Hecken an de Virgäert, op den Trapen, ronderëm d'Entréesdiere liichten a flackeren. Ech fannen, elo hunn d'Leit hir Haiser genuch gerëscht. Et ginn der, déi mat den Dekoratiounen iwwerdreiwen. Et ass an der Däischtert e verréckent Faarwespill. Et ass mol eppes Aneschters, wéi ëmmer nëmmen aus dem Bus op déi traureg an däischter Fassad mussen ze kucken. Mat de Beliichtunge gesäit alles méi fréndlech aus. Ech hat déi lescht Joer d'Chrëschtdeeg guer net gär. Lo freeën ech mech alt e bësschen. D'Ouninumm huet sech zréckgezunn an elo ass d'Connie nees op der Welt. Net neigebuer, awer mat neiem Liewensmutt. Mat neier Liewensfreed aus senger Krëppche geklomm. Als Ouninumm fillt ee sech verluer a verlooss. Als Connie spieren ech mech net méi sou aleng. Mam Max, mat menger Mamm ... menger klenger Famill. Mat menge Fréndinnen ... Dat wäert mer d'Feierdeeg méi einfach maachen.

D'Madamm Wallmer sëtzt schonn do op mech ze waarden. Ech gesinn hir of, dass se virwëtzeg ass. Si huet sech misse gedëllegen. Et ass eréischt eng Woch hier, dass de Mound säin Optrëtt iwwert der Klunsch hat, um Pabeier.
– Ech si frou dech ze gesinn.
– Ech Iech och.
   Der Madamm Wallmer hir Aperhoer hiewe sech witzeg an d'Lut, wéi bei engem Käizchen. Ech mengen, ech hu si nach ni gefrot, wéi et hir geet. Ass dat onhéiflech, wann ech froen? ... Hir geet et ëmmer gutt. Also, et geet hir ganz bestëmmt och mol net gutt, awer mir weist si dat net. Bei wie geet si, wann si mol Hëllef brauch? Kann s'iwwerhaapt ofschalten? ... Wie war viru mir hei? ... Si ass lo op mech konzentréiert. Ech gesinn hir dat

of. Si kuckt mech riicht an d'Aen. Si huet alles vun der leschte Kéier verhalen, dat weess ech, vun der Klunsch, vum Seel, vum Mound ...
– Du gesäis zefridden aus.
– Sinn ech och.

All Kéiers, wann ech mech drun erënneren, muss ech un d'Moundliicht denken. Dat hat an där besonnescher Nuecht nach net seng ganz Stäerkt an seng besonnesch Kraaft fir mech verbraucht. De Mound hat nach Reserven.
– Ech hat Iech vum Mound geschwat. Erënnert Der Iech?
– En hat dech deen Owend gesinn, has de gesot.
– Dir wësst awer nach net, dass hien och duerno d'Hand nach am Spill hat.

Ech erzielen der Madamm Wallmer, wéi d'Sandrine mech mat an de SePAS geschleeft hat, wéi d'Schoulpsychologin menger Mamm ugeruff hat, wéi d'Marielle an d'Mia sech gefreet haten, fir mech erëmzegesinn, a wéi den Här Dorbach mech gefrot hat, ob ech owes mat hinnen iesse wéilt.
– Dofir hunn ech un déi positiv Nowierkunge vum Mound geduecht. Dir wësst jo, dass hien en Afloss op d'Mënsche kann hunn. Op d'Mier, op d'Natur ... Oder e puer Stäre waren an enger gënschteger Konstellatioun.
– Deng Fantasie misst een hunn!
– E Buch iwwer Stären a Planéite geet duer. Mengem Brudder säint. Ech hunn ëmmer gär an deem gelies.
– An da mengs de wierklech, dass ...
– Ma den Här Dorbach war wéi verwandelt. A meng Mamm och. Déi hat sech jo komplett verännert. Wéi wann ee s'ëmgetosch hätt. Mir haten eis souguer léifgedréckt. A wat fir e Stär huet eis dann esou gestëppelt!? ... Dat hu mer soss ni gemaach.

Der Madamm Wallmer hire Kënn ass op der Fauscht gestäipt, den Ielebou um Dësch. Dat ass hir Liblingspositioun, wa se mer intresséiert nolauschtert.

– War et de Mound iwwerhaapt, Connie? … Dat ka jo fir eppes aneschters stoen.
– Fir wat dann?
– Fir Vertrauen, zum Beispill.
– Ech mengen, e wollt op mech oppassen.
– E wollt der Energie ginn.
– Mir, dem Stärestëbs.
 D'Madamm Wallmer muss laachen. Ech laache mat. Hiert Laache stécht un. Dat funktionéiert grad esou wéi Energie.
– Wéi vill mol war ech bis elo hei?
– Dat ass elo net wichteg.
– Watgelift?
– D'Zuel.
– Wéi mengt Der?
– Et kënnt net op d'Zuel un, Connie.
– Ech hat gemengt …
– Déi Symptomer … wéi soll ech soen …, déi dat bei dir mat sech bruecht hunn, verschwannen net vun haut op muer … D'Aussoe wärend denger Auditioun an déi Seancen, déi s du bis elo hei has, ginn och net dofir duer. Ech hoffen, du verstees dat.
– Ma … ech komme jo nach gär.
– Mir mussen awer eng kleng Paus aleeën. Ech sinn iwwert d'Feierdeeg fort … Da geet et mer déi nächst Woch also net. Da geet et eréischt déi iwwernächst Woch. Da si mer schonn am neie Joer. An da kucke mer weider … fir nei Terminer. Fir dech an deng Mamm.
– Ech hu geduecht, si …
– Deng Mamm huet bei eis ugeruff. Si wollt nei Rendez-vousen ofmaachen.
 Ech komme mer es net zou. Ech wousst jo, dass e puer Seancë fir si net duergoe konnten. Meng Mamm rifft also un, fir … Dat gëtt et dach net. Ech si komplett perplex. Ech weess net, wéi vill Seancë meng Mamm insgesamt hat. Am Ufank ware mer

zesumme mam Bus gefuer. Do hat si der dräi, mengen ech. Si sollt der nach e puer un déi dräi drunhänken, dat weess ech, well d'Madamm Welfring hir et virgeschloen hat. Deemools war si net gläich dorop agaangen.
– Dann huet si sech et anescht iwwerluecht?
– Wéi mengs de?
– D'Madamm Welfring hat menger Mamm ganz am Ufank virgeschloen, si sollt der nach drunhänken.
– Ma dat huet s'elo gemaach. An si sot, si wär frou heihin ze kommen, fir Gespréicher mat dir zesummen.
– Mat mir? Sot se sou?
– Connie! Wat ass?

D'Madamm Wallmer reecht mer e pabeiers Nuesschnappech. Si hat meng Tréinen éischter komme gesinn, wéi ech se gespuert hat. Si kuckt op mech a mierkt, datt et Gléckstréine sinn. Dat gesäit een hinnen of: Si glënnere méi. Ech spieren, wéi se mer duuss d'Baken eroflafen. Ech wësche mer s'ewech. Dat gëtt en Nuesschnappech voller Gléck.

Ech muss un eis alleréischt Reunioun hei an de Bureaue vun der ALEAD denken. Do war meng Mamm erliichtert, wou se gewuer gi war, dass déi nächst Seancen eenzel ofgehale géife ginn.
– Dir gleeft net, wéi frou ech doriwwer sinn.
– Mir sinn hei all frou driwwer. Dat ass eng gutt Nouvelle.
– Ech mierken doheem, dass meng Mamm mat mer schwätze wëll. Wéi wann nach eppes do wär, wat si bedréckt ... Awer all Kéier, wa se bis ufänkt, dann zéckt se.
– Hei geet d'Schwätze méi liicht.
– Da wëllt si nach geholleff kréien?
– Du hues deng Geschicht verzielt. Si hir ganz bestëmmt och. Esou, wéi si dat alles gesäit. Vläicht nach net ganz ... Vläicht huet se der Madamm Welfring nach net alles gesot. An dir warscheinlech och net. Si hat jo och keng schéin Zäit ... Dofir brauch si nach weider en therapeutesche Suivi. An da kënnt

dir Iech zesumme sëtzen a schwätzen. Mamm- an Duechtergespréicher.

– Mengt Der?

– Ech mengen net nëmmen, ech si mer souguer sécher. Du bass jo och nach net färdeg … Has de wierklech gemengt, haut wär deng lescht Seance?

– Ëhë.

– Du hues dech dengem schrecklechen Erliefnis gestallt. An du hues geléiert, domat ëmzegoen. Dat gehéiert elo zu denger Persoun. Et kann een net einfach soen, sou!, elo ass Schluss.

– Ech weess.

– Dat ass ni ganz ofgeschloss. Du hues Wierder op dat gesat, wat schwéier ze soen ass, du hues erzielt, wat s de matgemaach hues … Dat Wichtegst ass, dass du deng Gefiller an deng Gedanken esou dirigéiers, dass du se selwer an de Grëff kriss.

Ech kucken ëm mech an erënnere mech drun, wéi ech fir d'éischte Kéier hei am Zëmmer war a wéi ech mer alles genee ugekuckt hat, fir mech heibanne wuel ze fillen. Ier ech haut komm war, hat ech mech wierklech drop ageloos, dass et meng lescht Seance géif ginn. Ech weess awer, dass ech bei deem Gedanken net frou doriwwer war an ech si frou, dass et haut keen definitiven Äddi gëtt. Wann ee sech eng Kéier verluer hat, fënnt ee sech net sou séier erëm. Dat geet net vun haut op muer. Ech sinn um gudde Wee. D'Madamm Wallmer hat mol ganz am Ufank gesot, wann ech nees u mech gleewe géif, géif ech och nees Vertrauen a mech kréien.

Ech stinn op a maachen den Tour vum Zëmmer. Ech bewonneren et, well et bis elo esou eng grouss Ausdauer a Gedold mat mer hat. Et huet jo scho villes vun anere Kanner a vun anere Jugendlechen héieren, an dat, wat heibannen erzielt gëtt, ass jo näischt fir friem Oueren, awer heibannen am Zëmmer sinn d'Saachen all op menger Säit. Si behalen alles fir sech an hu wéi d'Mënsche schéi Fortsetzunge gär. Da brauch ech also de

Petzien am Kuerf a besonnesch dem Fluff nach net Äddi ze soen. Ech gräifen d'Kloterseel mat der Hand, hiewen e puer Bauklëtz aus der Këscht, fillen de Sand. Ech stiechen eng Fangerspëtzt dran an zeechnen e Krees. Keng Spiralen. Nëmmen e Krees. De Sand, de Baukasten, d'Pillemen, de Schaukelstull, d'Bicher a meng Zeechnunge wäerte sech och freeën, wann ech erëmkommen. D'Erënnerung un dat, wat geschitt war, verschwënnt ni ganz. Ganz vergiess kréien ech se net, awer ech loosse keng schlecht Gefiller méi zou, déi domadder verbonne sinn.

D'Nuesschnappech mat de Gléckstréinen ass an der Tëschenzäit nees dréche ginn.
– Wat méchs du dann elo?
– Elo am Moment?
– Neen, ech mengen ... déi nächst Deeg, bis de rëmkënns.

Ech soen hir, ech hätt Rendez-vous mam Sandrine a mam Sonja, ech gi mat hinnen an d'Sportshal e Basketsmatch kucken, dem Sonja säi Frënd an deem säi beschte Kolleeg spillen an der Lokalekipp mat. Ech soen hir nach, d'Marielle hätt mech an eng Bijouterie matgeholl, hatt wollt dass ech him hëllefen, e Kaddo fir d'Mia erauszesichen. Dat hat Gebuertsdag a seng Mamm an ech haten him e Medaillon erausgesicht, wou nach säin Numm drop aggravéiert gi war.
– Wéini hues du da Gebuertsdag?
– Den eelefte Januar.
– Da kanns du der och vläicht esou e Medaillon wënschen.
– Ass dat net ze ... kannereg? Ech mengen ... passt dat bei mech? Mat mengem Numm drop?
– Ouni Numm mécht sou e Medaillon kee Sënn.

Si dréckt mer en A zou. Dat ass déi éischte Kéier, dass si dat mécht an ech muss laachen.
– An da mengt Der, meng Mamm ...
– Solle mer wetten?
– Wat?

– Ma dass Si der sou eng Kette schenkt.

Ech soen hir nach, dass ech mat menger Mamm an e grousst Miwwelgeschäft e bessere Bürosstull fir mech kafe war, dass ech nach ze léieren hätt, et wär geschwënn Trimesterschluss, an dass ech mech besser mam Max verdroen.

Ech weess iwwregens net, ob hie weess, wat fir Auswierkungen a Konsequenze meng Aussoe fir de Papp haten. Wann hien eppes gewuer ginn ass oder nach gewuer gëtt, da froen ech mech, wéi en zu den Uschëllegunge steet. Si s'a sengen Ae begrënnt oder net? Ob hie mech als Ligenesch bezeechent? ... Mee ech mengen, de Moment weess e vun näischt. Hie freet net bei mir no, wann d'Garde wiesselt, firwat ech net méi matginn, awer e spiert, datt eppes virgefall war, wouriwwer net oppe geschwat gëtt. Wann e mech iergendwann iergendeppes froe wäert, da soen ech him, ech géif him eng Kéier erzielen, firwat ech sou war, wéi ech war, mat mir an och mat him. D'Haaptsaach, de Max geet mir net aus dem Wee. Hien ass a bleift mäi Brudder. Zu sengem Papp kann hie stoen, wéi e wëllt, et ass jo nach ëmmer säi Papp. Ech mësche mech do net an. Et ka jo sinn, dass hien och eng Kéier heihi kënnt, aleng oder mat menger Mamm a mir, well hien och nach sécher Froen huet.

D'Madamm Wallmer steet op. Ech maache mech och färdeg. Si leet hir Hand op meng Schëller. Et fält mer schwéier fortzegoen. Mee ech weess jo, dass ech geschwënn erëmkommen. Mat menger Mamm. Ech hätt souguer näischt dergéint, wa mer nees zesumme mam Bus heihinner komme géifen. D'Madamm Wallmer wënscht mer nach schéi Feierdeeg an ech hir och.
– Awuer Connie.
– Äddi Madamm Wallmer. A Merci.

Ech wär frou, wann d'Madamm Wallmer Recht behale géif. Ech gesi mech scho mat enger Ketten ëm den Hals, mat engem Medaillon drun, op deem mäi Virnumm steet. Ech weess net, ob si am Liewen ëmmer Recht huet. An hirem private Liewen ass et méiglech, dass si sech mol iert. Ech ka mer gutt virstellen, dass si an hirem Beruff och mol Zweifelen huet. Wien hätt där keng? Wat ech sécher weess, si huet mech ni veronséchert, si huet mech ënnerstëtzt a mer nogelauschtert. Gutt nolauschteren ass eng Konscht, besonnesch wann ee mam Häerz nolauschtert. Si huet mer gehollef, Faarf a meng Gefillswelt ze bréngen. Ech hat bis elo ëmmer d'Impressioun, wéi wa bannen a mir eng Pallett mat ganz verschiddene Faarwen drop verstoppt war, déi ech awer ni benotze konnt. D'Madamm Wallmer huet et fäerdegbruecht, dass meng Gedanken a Gefiller méi Faarf kritt hunn. Ech si mer sécher, dass ech main imaginäre Pinsel nach weider fir faarweg Momenter gebrauche wäert.

Merci fir déi wäertvoll Hëllef un:

Anouk Husting, Jeanne Homa,
Lena Kersch, Richard Thill, Sandro Cornaro,
Sven Schwaller, Claude Back, Michel Clees,
Claude Lamberty, Joe Haux an David Lentz.

An e ganz besonnesche Merci un
d'Fabienne Hanten

Notiz: Den Numm ALEAD – Association luxembourgeoise pour enfants et adolescents en détresse – ass e fiktionellen Numm. En entsprécht an der Realitéit der ALUPSE, der Association luxembourgeoise de pédiatrie sociale. (Telefon: 26 18 48 1)

De Jhemp Hoscheit ass 1951 zu Esch-Uelzecht gebuer an ass Papp vun zwee Kanner. Hie schreift Romaner, Cabaret- an Theatertexter souwéi Kanner- a Jugendbicher virun allem op Lëtzebuergesch. Seng Wierker enthale meeschtens sozialkritesch Aspekter a baséieren op déifgräifende Recherchen, déi sécherstellen, datt sech d'Fiktiounen an engem reale Kontext ofspillen. Am Mëttelpunkt stinn dobäi d'Wiesselbezéiungen tëschent der Realitéit an der Imaginatioun.

2020 gouf hie vu senger Heemechtsstad mam *Mérite culturel* geéiert. Insgesamt krut de Jhemp Hoscheit fënnef Mol de Lëtzebuerger Buchpräis an ass bei siwen nationale Literaturconcoursen ausgezeechent ginn. Ervirgehuewe goufen dobäi ënnert anerem seng Sproochkreativitéit a seng villsäiteg Themeberäicher. Säin éischten an autobiografesche Roman *Perl oder Pica* huet him 1999 de renomméierte Servais-Präis abruecht an ass 2005 vum Pol Cruchten ënnert dem nämmlechten Titel verfilmt ginn.

Mat zwee satiresche Joresréckblécker war hien 2017 an 2019 zesumme mam Jules Arpetti op Liestournée. Zënter 2020 sinn se mat hirem drëtte Programm *Fréier wor alles …!* – mat groussem Publikumserfolleg – ënnerwee.

VUM SELWESCHTEN AUTEUR

Jhemp Hoscheit
MONDELIA
Kriminalroman
392 Säiten
133 × 210 mm
Gebonne mat Schutzëmschlag
ISBN 978-2-87954-236-2

D'Marie gëtt op der Hausdier vum Här Grimmler, engem grousse Planzefrënd an Hobby-Botaniker, entfouert. D'Léisegeldfuerderung léisst net laang op sech waarden. Fir dem Marie säi Liewen awer net op d'Spill ze setzen, wëllt säi Papp d'Police net aweien. Een aneren iwwerhëlt d'Ermëttlungen, een Zeien, deen de Crime materlieft huet, d'Mondelia, dem Här Grimmler seng Zëmmerplanz.

D'Sich nom Marie kritt Dimensiounen, déi een sech an engem gewéinleche Krimi bis zum Schluss net erwaart hätt. Dëse „fantastesche" Roman gouf 2011 mam Lëtzebuerger Buchpräis an der Kategorie Literatur ausgezeechent.

Jhemp Hoscheit
KLANGFAARWEN
Roman
272 Säiten
133 × 210 mm
Gebonne mat Schutzëmschlag
ISBN 978-2-87954-252-2

De Michel Lessener erënnert sech u seng Kandheet. Hien ass ouni Papp opgewuess. Och soss huet hie kee gudden Drot zu Erwuessenen, si verheemlechen him villes. Hien zitt sech a seng geheim Klangwelt zeréck; mat Fixfeieschkëschten hëlt hien all Geräisch op, dat hien héiert a versuergt et fir spéider. Bis hien dem Claude begéint, engem Schoulkomerod, deem hien Ablécker a seng Parallelwelt gëtt, an dee wuel méi iwwert dem Michel seng real Welt, iwwert säi Papp, weess.

An dësem ganz intime Roman geet et ëm d'Wiesselspill tëscht Wouerecht a Ligen, ëm de Wäert vun der Virstellungskraaft an der Stäerkt vun der Erënnerung.

Jhemp Hoscheit
L'IMAGINATION
Kanner- a Jugendroman
96 Säiten
145 × 195 mm
Gebonnen
ISBN 978-2-87954-293-5

Marie-Rose est une fille de 12 ans qui aime les histoires inventées. Grâce à son imagination, elle peut entrer dans différents univers, jouer avec les mots et même écrire ses propres histoires – tout comme sa grand-mère dont le rêve d'une vie en tant qu'écrivaine ne s'est malheureusement jamais réalisé. Mais inventer un monde magique n'est pas toujours si facile. Parfois, il faut réactiver cette capacité du cerveau.

Un jour, la jeune fille rencontre une femme mystérieuse qui l'invite chez elle. Celle-ci semble cacher un petit secret et quand elle demande à Marie-Rose de lui lire ses récits, les histoires soudainement sortent de l'imaginaire et deviennent de plus en plus réelles.

Jhemp Hoscheit
WOOTLECHE KRICH
Roman
424 Säiten
134 × 210 mm
Gebonne mat Schutzëmschlag
ISBN 978-99959-42-46-5

Et ass 1965, matzen am Kale Krich. Iwwerall leie Gefor a Mësstrauen an der Loft. Dreebréiwer gi verschéckt, Telefonsgespréicher gi matgelauschtert. Verschidde Leit plot e schlecht Gewëssen. E Grupp Jugendlecher aus dem Minett, dorënner den Nick, ginn op d'Sich nom bedréileche Roude Jojo a setze sech zum Zil, d'Wourecht erauszefannen. D'Leit wëllen Äntwerten, si sichen no engem allgemenge Sënn an nom Gléck.

De Jhemp Hoscheit léisst divers Erzielsträng zu engem Ganzen zesummelafen a gëtt mat enger Mëschung aus eegenen Erfarungen a fiktionalen Elementer d'Atmosphär an d'Mentalitéit aus der Minettsgregioun vun den 1960er erëm.

Impressum
ISBN 978-2-919822-12-6

1. Oplo 2024
© éditions guy binsfeld, Lëtzebuerg 2024

All Rechter virbehalen.
Nodrock, och an Auszich, verbueden.
Dëst Wierk ass an all sengen Deeler urheberrechtlech geschützt.
Eng Benotzung ausserhalb vun den enke Grenze vum Urheberrechtsgesetz ass ouni schrëftlech Erlabnes vum Verlag net zoulässeg a strofbar. Dëst gëllt haaptsächlech bei Kopien, Iwwersetzungen, Mikroverfilmungen an der Aspäicherung an der Veraarbechtung an elektronesche Systemer.

Titel: Ouninumm
Auteur: Jhemp Hoscheit

Lektorat a Korrektorat: Myriam Reisdorfer
Layout a Coverdesign: Anja Thielen
Auteursportrait: © éditions guy binsfeld
Projectmanagement: Myriam Reisdorfer
Verlagsdirektioun: Marc Binsfeld

Produktioun: Stanislas Marchal
Drock : GGP Media GmbH, Pößneck

editionsguybinsfeld.lu
14, Place du Parc
L-1027 Lëtzebuerg

Mat der Ënnerstëtzung vum Fonds Culturel National